Otfried Preussler

奧飛·普思樂 鄭納無—譯

鬼磨坊

Krabat

目錄

第一年

第二年

第三年

第一年

克拉巴特一身寒顫，
然後覺得自己開始縮小，越縮越小，
同時開始長出烏鴉毛、烏鴉嘴，還有爪子……

科澤沼地的磨坊

新年和一月六日的主顯節（譯注①）之際。

當時十四歲的克拉巴特，和另外兩個索布族（譯注②）小乞丐扮成「三王來朝」中拜見聖嬰耶穌的三王，沿著荷伊爾斯維達一帶的村莊乞討，雖然薩克森選帝侯（譯注③）大人殿下在其領地頒布禁令，並處罰流浪乞討的行爲，但幸好官員們執行得不是很嚴格。他們三人用麥稈編成環，套在帽子上當作王冠，其中那個從茅根村來的開朗的小羅柏西，扮成黑人國王，每天早上用爐灰把自己抹得黑黑的，得意地拿著克拉巴特釘上「伯利恆之星」的棍杖，走在最前面。

來到人家的院落時，羅柏西就站中間，三人合唱〈頌讚歸於大衛之子！〉。因爲克拉巴特正在變聲的階段，所以只是動動嘴唇裝個樣子，其他兩個「國王」於是唱得更大聲，把它彌補過來。

許多農夫在新年期間都宰了豬，所以會分給這三位東方來的君王豐盛的香腸和培根。其他人會給他們蘋果、堅果、李子乾、蜂蜜麵包、油糕、茴香餅乾和肉桂星餅等。

「今年有個好開始！」羅柏西在第三天的晚上這麼說，「或許能這樣繼續到除夕也說不定！」另外兩個君王莊嚴地點點頭，嘆聲說：「能這樣最好了！」

隔晚他們在彼得斯罕村的一個打鐵鋪過夜，睡在儲放草料的頂棚。就在這裡，克拉巴特第一次作了那個奇怪的夢。

十一隻烏鴉棲在一根桿子上瞪著他看。他注意到，桿子最左邊還有一個空位。然後他聽到一個聲音，沙啞的聲音，彷彿來自遙遠的虛空，呼叫著他的名字。他不敢回答。「克拉巴特！」他又聽到叫他的名字，接著是第三次：「克拉巴特！」然後那聲音又說：「到黑崑崙，去那個磨坊，對你不會有壞處的！」接著烏鴉都站起來，呱呱叫：「順從師傅的聲音，順從！」

克拉巴特醒了過來。「眞是什麼奇怪的夢都會作！」他心想，然後翻身又睡著。隔早，他們上路，克拉巴特想到那些烏鴉，一笑置之。

但這個夜裡，他又作了同樣的夢。那聲音又呼叫他的名字，那些烏鴉又呱呱叫道：「順從那聲音！」克拉巴特醒過來，不由得認眞思考了起來。隔早他問那位借宿給他們的農夫，有沒有一個叫做黑崑崙的村子或類似的？

農夫記起自己聽過這地方，「黑崑崙……，」他想了想，「沒錯，在荷伊爾斯維達森林那裡，往萊波的路上，是有個村子叫這名字。」

接下來這晚，三個「國王」在大帕特維茨過夜。克拉巴特又夢到那些烏鴉和那彷彿來自虛空的聲音，就像第一次和第二次，完全一樣的夢境。

他決定順從那聲音。破曉時分，兩個同伴還在睡夢中，克拉巴特悄悄溜出穀倉，在農院大門口，他碰到要去井邊提水的女工，「我得走了，麻煩跟我那兩個同伴說一下。」他拜託她。

克拉巴特沿途問路，經過一個又一個村莊。風雪打在他臉上，每走幾步，就得停下來揩揩眼睛。在荷伊爾斯維達森林裡，他迷了路，花了整整兩個鐘頭才又走上通往萊波的路。如此，直到傍晚才到了目的地。

黑崑崙就像這一帶荒野的其他村落一樣：房子和穀倉排成長龍似地立在道路兩旁，厚雪覆蓋；屋頂上炊煙裊裊，地上冒氣的糞堆，加上哞哞的牛叫聲，還有孩子們在結冰的池塘上喧鬧溜滑著。

但盼望中的磨坊卻看不到。這時，一個背著捆乾柴的老人走過來，克拉巴特於是問他。

「我們村子沒有磨坊。」老人回答說。

「附近呢？」

「如果你說的是那個……，」老人的大拇指朝肩膀後方指，「那後頭，在科澤沼地的黑水溪邊有一個，不過……。」他沒再講下去，彷彿是覺得自己已經說得太多了。

克拉巴特向老人道謝，朝他指的方向走去。才走幾步，有人拉他的袖子，回頭一看，是那老人。

「怎麼了？」克拉巴特問。

老人靠過身來，神情害怕地說：「小伙子，我警告你，別去科澤沼地和黑水溪邊的磨坊，那裡陰森森的……。」

克拉巴特遲疑了一下，沒理會那老人，繼續往前走，出了村子。天色很快暗下來，他小心翼翼不走叉了路，夜氣冷得讓他發抖。他回頭看向來時的路，燈火點點，閃閃爍爍。

還是往回走比較好？

「又怎麼了，」他嘟囔說，把領子翻高，「又不是小孩子，去看看會怎樣？」

彷彿盲人一樣，克拉巴特在霧氣的林子裡摸黑走了一段後，前面突然出現一塊空地。他正要從樹下走出去時，忽然雲開月出，冰冷的月光灑滿遍地。

克拉巴特這時看到那磨坊。

就在他前面，像隻兇猛危險的黑色巨獸，伏身雪中，埋伏等著牠的獵物。

「不一定得走過去，又沒人逼我。」克拉巴特這麼想，然後罵自己一聲膽小鬼，鼓起勇氣走出林蔭。他朝磨坊走去，發現門關著，敲了敲門。

一次，然後又敲一次：裡頭沒動靜，沒有狗叫聲，沒有樓板聲，沒有鑰匙串的響聲。完全沒有。

克拉巴特敲第三次門，覺得指背痛痛的。

磨坊裡還是寂靜無聲。他試著推一下門把處，門開了，沒有門著，他走進玄關。迎面而來的是死寂和暗黑。但前頭末端深處，像是有微弱的燈光，虛迷的一絲。

「有燈自有人。」克拉巴特心想。

他摸索往前。燈光越來越近，從走廊末端的一道門縫滲出。他感到好奇，踮腳走過去，往門縫裡窺看。

黑色的小房間，只有一根蠟燭燃著，紅色的蠟燭，黏在房間中央桌子上的一個骷髏頭上。一個粗壯、黑衣的男人坐在桌前，臉色異常蒼白，就像是抹了石灰一樣，左眼蒙著一塊黑色皮眼罩，正讀著桌前一本厚厚、用小鍊子繫著的皮裝書。

那人抬頭望過來，像是發現克拉巴特在門縫邊。眼神看得克拉巴特渾身不自在，覺得眼睛開始發癢、流淚，房間裡的影像模糊了起來。

克拉巴特擦擦眼，這時感覺到，一隻冰冷的手搭在他肩上，從後頭，冰冷得穿透他的外套和內衣，同時聽到一個沙啞的聲音用索布語說：

「你來了！」

克拉巴特大吃一驚，他認得這聲音。他回過身，是那個男人，戴著眼罩的那個男人。

他是怎麼走過來的？絕不是穿過那扇門！

那人手拿燭台，默默打量克拉巴特。然後湊過臉來說：「我是這裡的師傅。你可以做我的學徒，我需要一個。你要，對吧？」

「我要。」克拉巴特聽到自己這麼回答，聲音如此陌生，好像不是他自己的。

「那我應該教你什麼？磨坊手藝？或是其他的也教？」那人問。

「其他的也教。」克拉巴特說。

磨坊師傅伸出左手。

「一言為定！」

就在他們握下手那剎那，磨坊裡發出低沉轟隆的咆哮聲，好像來自深深的地裡。地板震動，牆壁搖晃，樑柱嘰嘰嘎嘎。

克拉巴特大叫，腦海只想到逃：逃，逃離這裡！

但磨坊師傅擋住他的路。

「是碾磨機！」他兩手湊嘴邊做成圓筒狀，大聲說：「又開始在磨東西了！」

譯注①主顯節，又稱爲「三王來朝節」，紀念耶穌向世人顯現。也就是東方三君主（或說三博士）看到一顆星星出現，引領他們到伯利恒朝拜聖嬰耶穌。

譯注②索布族是德國的少數民族。

譯注③選帝侯是當時具有選舉德意志神聖羅馬帝國皇帝、決定帝國重要事項等權利的諸侯。書中的薩克森選帝侯在很長一段時間也擁有波蘭國王的頭銜。

十一加一

磨坊師傅示意克拉巴特跟他走，一言不發拿著蠟燭幫他照亮斜陡的木梯，帶他上到磨坊伙計睡覺的閣樓。燭光中，克拉巴特看到十二個低低的草褥床板，走道一邊六個，另一邊也六個；每個床板旁邊各有一個窄櫃和松木做的凳子。草褥上是皺皺沒疊的被子，走道上是翻倒的小凳子，還有襯衫和包腳的布片，這裡那裡。

看來這些伙計從睡夢中被叫醒，匆匆忙忙上工去了。

只有一張床沒用到，磨坊師傅指指床尾一疊衣物，「你的東西！」然後拿著蠟燭轉身離去。

留下克拉巴特獨自站在暗黑中。他慢慢脫下衣服，要摘帽子時，指尖碰到麥稈編成的環：是啊，昨天還是一個「三王」呢，現在一下子就這麼遙遠了。

閣樓也因爲碾磨機轟隆轉動而嘰嘰嘎嘎，還好克拉巴特已經累得倒頭就能睡著。他睡得很沉很沉，像根木頭，直到刺眼的亮光使他醒來。

克拉巴特坐起來，嚇得發呆。

十一個「白鬼」站在床邊，在馬廄燈的亮光中，低頭看著他。十一個白色的形體——白色的臉，白色的手。

「你們是誰？」他害怕地問。

「跟你快成爲的一樣。」其中一個「白鬼」回答。

「我們不會對你怎樣的。」另一個說，「我們是這磨坊的伙計。」

「你們十一個？」

「對，你是第十二個。你叫什麼名字？」

「克拉巴特？你呢？」

「我是彤大，這裡的伙計頭。這是米歐爾，這是梅爾登，這是尤洛……。」他講了每個人的名字，然後說今天就這樣。「繼續睡吧，克拉巴特，你還得有體力用在這個磨坊呢。」

他們紛紛上床，最後一個把燈吹熄。互道晚安後，一下子就鼾聲此起彼落。

早餐是在雇工房吃。十二個人圍坐一張長木桌，每四個人面前各有一個大碗公，裡頭是濃稠的燕麥粥讓他們盛。克拉巴特餓壞了，像個餓鬼一樣拚命吃了起來，邊吃邊想，如果午餐和晚餐也能像這樣的話，那麼在這個磨坊待下去倒也不錯。

伙計頭彤大，身材魁梧、頭髮灰白濃密，從面容看來，應該不到三十歲。他散發出一種非常嚴肅認眞的樣子，更正確地說是從他的眼神流露出來的。克拉巴特從第一天起就對他感到信賴，那種沉著和友善的方式，讓克拉巴特心生好感。

「希望我們昨晚沒把你嚇壞了。」彤大對克拉巴特說。

「還好。」

白天細看這些「鬼」，他們就像平常的小伙子一樣。十一個人都說索布語，都比克拉巴特至少大幾歲。他感到他們看他的眼光，帶有些許同情，雖然覺得訝異，但克拉巴特並沒多想下去。

他想的是，放在他床尾的衣服，雖然是別人穿過的，但他穿起來卻非常合身，像是爲他量身剪裁的。他問他們，衣服是哪來的，之前是誰穿的？但才這麼一問，每個人都放下湯匙，悲傷地看著他。

「我說了什麼蠢話嗎？」克拉巴特問。

「沒有，沒有，」彤大說，「那些衣服是你之前那個人的。」

「他怎麼不在這裡了？」克拉巴特又問，「學滿出師了嗎？」

「對，他……學完了。」彤大說。

這時門突然打開，磨坊師傅走進來，一臉怒氣，伙計們都縮身低頭。「別在那邊給我說些五四三的！」他斥責他們。然後那隻獨眼望向克拉巴特，兇狠狠地說：「多問多錯。說一遍！」

克拉巴特結結巴巴地說：「多問……多錯。」

「好好記住這句話！」

磨坊師傅走出去，砰一聲，門又關上。

十一個伙計又開始吃起來，而克拉巴特忽然覺得沒胃口了。他不知所措望著桌面，沒人理睬他。還是有？

他抬眼，看到彤大朝他看，點了個頭，雖然不明顯，但已經讓他很窩心了。他感到，在這磨坊，有個朋友眞好。

早餐後，伙計們開始上工，克拉巴特跟著他們離開雇工房。師傅站在玄關，對克拉巴特招手說：「來！」克拉巴特跟著他出去。屋外陽光照耀，無風而寒峭，冰凌懸掛枝頭。

師傅帶他到磨坊後面，打開屋子後牆一扇門，進到麵粉房。一間低矮的房間，兩扇小小的窗戶被麵粉塵遮得看都看不清。地板和牆壁也都是粉塵，還有掛在柱子上的橡木大秤桿，也沾滿厚厚一層。

「打掃乾淨！」師傅說，指指門邊的掃把，然後就走了。

克拉巴特開始打掃。才掃了幾下，身上就沾了一層厚厚的麵粉塵。

「這樣不行。」他想了想，「等我掃到裡面，外面又會都是麵粉塵。我還是打開窗戶……。」

窗戶從外頭釘死了。門也被閂住，就算他怎麼搖，怎麼用拳頭打，也沒用，他被關住了。

克拉巴特開始冒汗。麵粉塵黏在他的頭髮和睫毛上，鑽進鼻孔和喉嚨裡發癢。就像一場沒完沒了的惡夢：一團一團的麵粉塵滾滾而來，像霧，像暴風雪一樣。

克拉巴特覺得呼吸困難喘不過氣，額頭撞到大秤桿，一陣暈眩。還是放棄算了？但如果現在就這樣把掃把丟下，磨坊師傅會怎麼說呢？他不想讓師傅討厭他，尤其是擔心會失去好食物。於是他強迫自己繼續掃，從前面掃到後面，再從後面掃到前面，不停地，一個鐘頭又一個鐘頭。

終於，過了很久很久，有人猛地把門打開，是彤大。

「出來！」他喊說，「吃午飯！」

克拉巴特不用等他說第二次，跌跌撞撞衝了出來，喘息著呼吸空氣。

彤大這個伙計頭看了一眼麵粉房，聳聳肩說：「沒關係，克拉巴特，剛開始都是這樣的。」

然後含混不清喃喃唸了兩句，在空中比畫一下。麵粉房的塵灰揚起，就像是有風從四處的縫隙吹起來一樣，一股白煙飄出門外，越過克拉巴特的頭上，飄向樹林。

突然間，麵粉房的塵灰全都消失，裡頭乾淨明亮，連顆小小的灰塵都看不到。克拉巴特驚訝得目瞪口呆。

「你是怎麼弄的？」他問。

彤大沒回答，只說：「我們進屋子去吧，克拉巴特，湯要冷了。」

不是好康

克拉巴特難過的日子就這麼開始，師傅總是無情地催他幹活：「克拉巴特，你在哪裡？把這幾袋麥子扛去倉庫！」或是：「克拉巴特，過來！拿鏟子把穀倉的穀子翻翻，要翻得徹底，這樣才不會發芽！」或是：「克拉巴特，你昨天篩的麵粉都是殼！晚飯後再去弄，沒篩乾淨，別給我睡覺！」

科澤沼地的磨坊每天都磨，一個禮拜七天，從早到晚。只有星期五這天，伙計們可以比平常早點休息，然後隔天可以晚兩個鐘頭上工。

克拉巴特沒扛穀子或篩麵粉時，還得劈柴、除雪、提水、洗馬，或者把牛棚的牛糞用手推車推出去；反正，總有他忙的。就這樣，等晚上可以躺上草褥時，他已經累得不成人形了：後腰痠痛、肩膀皮破、手腳疼得七葷八素。

克拉巴特很佩服他的同伴，對他們來說，磨坊每天辛苦的工作好像算不了什麼，他們不會累，不會抱怨，不會流汗也不會喘。

有天早上，克拉巴特正忙著剷掉要去井邊路上的積雪——夜裡下了大雪，路全被封住。他咬緊牙關，每剷一下，後腰就像針刺一樣。彤大從屋裡走出來，確定沒有其他人看到後，把一隻手搭他肩上。

「克拉巴特，別氣餒……。」

忽然，克拉巴特覺得好像有股力量流入他身體裡，疼痛也突然消失。他握緊鏟子，就要一股勁地猛剷起來，但彤大阻止他。

「不能讓師傅覺察到，」他說，「也不能讓呂希克知道！」

呂希克是他們其中那個高瘦、尖鼻、會斜眼看人的伙計。克拉巴特從第一天起就不太喜歡他：看來是個喜歡窺探、打聽，會偷偷摸摸躲在牆角的傢伙，讓人覺得一刻也無法信任。

「好的。」克拉巴特說，然後裝作很費力、很勉強地繼續剷。過一會，似乎很湊巧，呂希克走過來。

「怎麼樣，克拉巴特，這工作滋味如何？」

「還能如何！」克拉巴特不耐煩地說，「去吃口狗屎吧，呂希克，這樣你就知道滋味如何了。」

此後彤大常到克拉巴特身邊，悄悄把手搭他肩膀，然後克拉巴特就覺得全身充滿力量，很辛苦的工作也會變得輕鬆好一會。

師傅和呂希克完全不知道，其他伙計也不曉得：米歇爾和梅爾登這兩個強壯、善良的堂兄弟不知道；痲臉、喜歡開玩笑的安德魯西不知道；頭髮剪得短短，脖子粗如牛而被叫做「公牛」的漢佐不知道；下工後喜歡做木湯匙打發時間的裴塔爾不知道；精明能幹的史達希柯（敏捷如鼬鼠，靈活得像克拉巴特幾年前在年市看到而嘖嘖稱奇的那隻小猴子），也不知道；臉上的表情總像是胃裡放有一磅重鞋釘的奇托，也不知道；還有沉默寡言，卻不知道自己是那樣的庫柏，也不知道；而理所當然不用說，那個笨笨的尤洛更不可能知道。

尤洛是個矮壯、臉圓塌有雀斑的伙計，除了彤大以外，就數他在這裡工作最久。他很少做碾磨的工作，因爲就像安德魯西常取笑的，他「笨得分不清麩皮和麵粉」，還說要不是傻人有傻福，他早就不小心跌進碾磨機裡被石磨碾碎了。

對於這些話，尤洛已經習慣了。他忍受安德魯西的嘲笑；當奇托因爲一點小事威脅要打他時，他也讓步不爭吵；或者其他伙計捉弄他時（而這種事常發生），他也冷笑地忍受，像是在說：「你們到底想幹嘛，我知道自己是笨尤洛，可以嗎？」

只有做家事他不笨。反正有人得做，所以大家也樂得讓他做：煮飯、洗碗、烘麵包、生火供暖、洗地板、擦樓梯、抹灰塵、洗燙衣服，和所有其他廚房和屋裡的家務，甚至還養雞、養鵝、養豬。

尤洛怎麼做得來這麼多工作，對克拉巴特來說是個謎。其他伙計把這些視爲理所當然，而尤其是師傅，簡直把他當牛馬一樣驅使。克拉巴特覺得這樣很不應該，有次他把一車的柴搬進廚房，尤洛像平常有時那樣，把一塊香腸頭塞進他外衣口袋表示謝意，克拉巴特終於敞開話和他談起這件事。

「我搞不懂你，你就這樣什麼都忍受？」

「我？」尤洛訝異地問。

「沒錯，你！」克拉巴特說，「師傅這樣虐待你，眞的很不應該，而伙計們又常捉弄你。」

「彤大沒有，」尤洛說，「你也沒有。」

「那有什麼不一樣。」克拉巴特反駁說，「我要是你，會想辦法的。我會反抗，你懂吧，不會這樣忍受，不會讓奇托、安德魯西，或其他人這樣欺負！」

「嗯，」尤洛搔著後腦勺說，「或許你可以，克拉巴特……，但像我這麼一個傻瓜？」

「那就逃啊！」克拉巴特大聲說，「從這裡逃走，找個你能過得更好的地方！」

「逃走？」有這麼一刻，尤洛顯得一點也不笨，只是失望和疲累。「你試試從這裡逃逃看，克拉巴特。」

「我沒理由這麼做。」

「沒理由，」尤洛低聲嘟囔說，「說的也是，但願你以後不會有理由得這麼做……。」

他把一塊麵包頭塞進他另一個口袋，克拉巴特要謝謝他時，他做個手勢表示不用，把克拉巴特推到門口——臉上帶著傻傻的冷笑，就像大家常看到的那樣。

克拉巴特把麵包和香腸一直留著。晚餐後，大家在雇工房休息，裴塔爾開始做他的木湯匙，其他人則閒聊打發時間。克拉巴特獨自上樓，打個哈欠倒在草褥上，嚼起麵包和香腸，吃得津津有味之時，不覺想到尤洛，還有兩人今早在廚房說的話。

「逃走？」他思考著，「我爲什麼要逃走？這裡的工作雖然不是什麼好康的，要不是彤大幫忙，我肯定會很慘，但這裡三餐豐富不缺，又有睡覺的地方，早上起床後，我知道自己的床鋪晚上還會在，溫暖乾燥、軟硬還可以，沒有臭蟲和跳蚤。這不就是一個小乞丐夢想的嗎？」

夢中之路

克拉巴特已經逃過一次，是在他爸媽去年因爲天花死掉後不久。他爸媽死後，那裡的牧師收留了他，因爲牧師說不希望他變壞。而且牧師和牧師娘原本就一直希望家裡有個男孩。克拉巴特並不是對他們有什麼不滿，但像他這樣在歐崔希地區一個骯髒的牧人小茅屋裡長大的男孩，怎麼也無法習慣神職人員家裡的生活：從早到晚得乖乖的，不能罵人，不能吵鬧，得穿著白襯衫，脖子得洗乾淨，頭髮得梳整齊，絕不能光著腳丫，手也得洗得乾乾淨淨，指甲得剪得好好的；而且的而且，還得整天說德語——標準德語！

克拉巴特試了，盡他的可能，待了一個禮拜之後，又待了一個禮拜，然後就從牧師家逃走了，到外頭當起小乞丐。或許也可能，他也無法在這科澤沼地的這個磨坊一直忍受下去。

吃下最後一口香腸，舔舔嘴巴，克拉巴特這時已經快睡著了。

「但是，」他決定，「如果我要離開這裡，得在夏天……。在草地上的花沒盛開前，田裡的穀粒沒成熟前，磨坊水塘的魚還沒露出水面蹦跳前，沒有人能讓我離開這裡……。」

夏天，草地上的花盛開，田裡的穀物飽熟，磨坊池塘的魚在水面蹦跳。克拉巴特和師傅吵架：他沒去扛麥子，而是躺在磨坊涼蔭的草地上睡著了，結果被師傅發現，用手杖打了下去。

「我要改改你這副德行，你這小傢伙，大白天這樣偷懶！」

克拉巴特得忍受這口氣嗎？

或許在冬天，冰冷的風在這荒野呼嘯，那他得乖乖忍受。可是師傅想必忘了，現在是夏天。

克拉巴特下定決心，一天也不在這磨坊多留！他溜進屋裡，到閣樓拿了外衣和帽子，悄悄離開，沒人注意到。師傅在他的起居室裡，窗簾也因爲炙熱的陽光拉上了；其他伙計在倉庫工作或正在磨麵粉，就連呂希克也沒空去管他。但克拉巴特還是覺得有人監視著。

他回頭一看，在柴房的屋頂有什麼注視著他：一隻蓬鬆亂毛的黑貓，沒在這裡出現過，而且只有一隻眼睛。

克拉巴特撿了顆石頭，朝牠丟過去把牠趕跑。然後藉著柳樹叢的遮蔭，趕緊朝磨坊水塘那裡跑。在靠岸邊不遠處的水面，他看到一隻肥肥的鯉魚探出頭來，一隻凸凸的眼睛生氣地瞪著他。

克拉巴特被看得毛毛的，撿了一顆石頭丟過去，鯉魚潛下去，消失在綠色的水塘底。

克拉巴特沿著黑水溪，走到科澤沼地裡他們稱爲「荒地」的地方。那裡，他在形大的墓邊停留了一會。他依稀記得，某個冬天，他們把這個朋友葬在這裡。

他想著死去的朋友。忽然，突如其來一聲響亮的烏鴉叫聲，嚇得他心臟差點停住。在「荒地」旁邊一棵長得彎彎曲曲的赤松上，棲著一隻肥大的烏鴉，朝克拉巴特瞪著，一樣是沒有左眼，克拉巴特看到後，不禁一身寒戰。

他現在知道怎麼回事了，沒多考慮，趕緊逃。他跑，拚命跑，沿著黑水溪往上跑。

他氣喘吁吁停下休息時，看到一條毒蛇從草叢中鑽出來，抬起頭嘶嘶作響瞪著他看，只有一隻眼睛！還有那隻在灌木叢那邊朝他張望的狐狸也是。

他跑了歇，歇了跑，傍晚時分到了科澤沼地的上緣。他心想，出去到了空曠處，

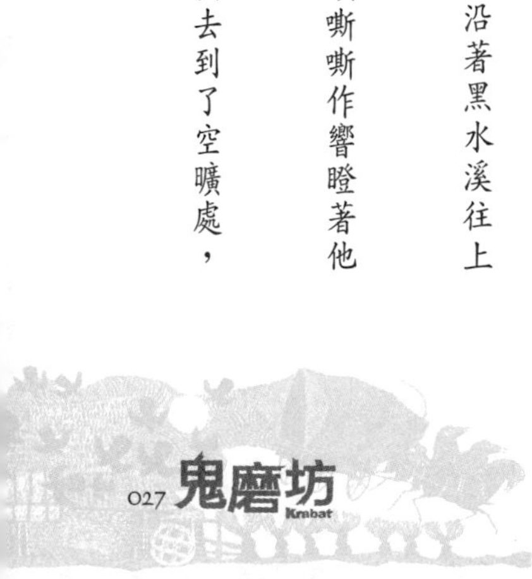

應該會逃離師傅的掌心。他走到溪邊，匆匆撈水濕潤一下額頭和耳邊，把奔跑時掉出來的襯衫塞進褲子裡，繫好腰帶，跑完最後幾步——然後嚇呆了。

不像希望的，走出來會是到了空曠的荒野，他看到的只是一塊空地，正中間，在傍晚的霞光中，磨坊靜靜地立在那裡。師傅在門口等著他。「喔，克拉巴特，」師傅嘲諷地招呼說，「我正想叫人找你呢！」

克拉巴特很生氣，搞不懂怎麼會這麼倒霉。隔天他又逃了，這一次是清晨時刻，從另一個方向，穿過森林，越過農田、草地，經過村落、水塘，涉過溪水、走過泥沼地，沒有休息、沒有停留。沒有烏鴉、毒蛇、狐狸瞪著他看，也沒有魚、沒有貓、沒有雞、沒有鴨。「管你們是一隻眼還是兩隻眼，就算瞎眼也可以，」他心想，「這次我不會再被你們搞迷糊了！」

但如此長長一天下來，他來到的地方還是科澤沼地的磨坊。這次在門口等他的是其他伙計。呂希克幸災樂禍、語帶諷刺，其他人則是沉默中帶著同情。克拉巴特幾乎快絕望了。他知道自己應該放棄逃走的念頭，但又不肯這樣就算了，於是試了第三次，就在當天晚上。

溜出磨坊並不難，然後只要一直跟著北極星走！就算在黑夜裡會摔跤跌倒，這裡撞腫那裡擦傷，但只要沒人看到他，沒人會對他施魔法就行了……。

離他不遠處有隻小蒼鷺啼叫，然後又有一隻貓頭鷹從他身邊飛過。過一會，在星光下，他發現一隻老鵰鴞停在很近的樹幹上看著他，用牠那隻右眼，而且只有右眼。

克拉巴特繼續跑，途中被樹根絆倒，又跌進水溝裡。黎明時刻，他到達的地方還是磨坊，不過這次他已經不再訝異了。

屋子裡這時還很安靜，只有尤洛在廚房鏗鏗鏘鏘忙著，克拉巴特聽到，走進廚房。

「尤洛，你說得沒錯，要從這裡逃走是不可能的。」

尤洛給他水喝，然後說：「你先洗洗吧。」他幫克拉巴特把濕透、沾了血和土的襯衫脫掉，給他舀了一盆水，然後認真，沒有平常呆傻的冷笑，說：「克拉巴特，你一個人做不到的，也許兩個人一起就辦得到了。下一次我們一起試，好嗎？」

克拉巴特醒來，被伙計們上樓要來睡覺的聲音吵醒。他的嘴角分明還有香腸的味道，表示他不可能睡很久，雖然在夢中是經歷了兩天兩夜。

隔早，他剛好有機會和尤洛單獨一起。

「我昨晚夢到你，」克拉巴特說，「你向我提議了一件事。」

「我？」尤洛說，「那我說的一定是蠢話。克拉巴特，最好別去在乎它。」

冠羽毛的人

科澤沼地的磨坊有七台石磨碾磨機。其中六台總是在用，放在碾磨房最裡頭的第七台從來不用。所以他們把那個叫做「死磨」。克拉巴特起先以爲一定是木頭齒輪的榫壞掉了，或是傳動軸卡住，或是傳動系統的哪個地方出了毛病。但有天早上，他在打掃時發現，「死磨」出粉口下頭的地板上有點麵粉。他湊近點看，粉箱也有新磨的麵粉屑，像是有人在工作結束後，沒有從外面拍打乾淨一樣。是昨晚用「死磨」碾了東西？那一定是在大家都睡覺時偷偷碾的。難道是昨晚有人沒睡得很熟，不像克拉巴特那樣？

他想起伙計們今天吃早飯時，臉色蒼白、眼窩凹陷，有的偷偷打哈欠。這下他覺得奇怪了。

他好奇地走上矮木梯到上面的平台，從這裡可以把穀物整袋倒進漏斗狀的碾磨槽，然後穀物再經過振動盤，滑進石磨中間。倒穀物時難免會有穀粒掉出來，但槽下面卻沒有像克拉巴特預料的有穀粒。掉出來散在平台上的東西，乍看像是小石粒，但仔細一看，竟然是牙齒——牙齒和骨頭碎片。

克拉巴特嚇得想大叫，聲音卻卡在喉嚨出不來。

忽然彤大出現在他後面，克拉巴特想必是沒聽到他進來，他抓住克拉巴特的手，「你在那上面找什麼？下來，趁師傅沒發現前趕快下來。還有，把你看到的忘記，聽到沒有，把看到的忘記！」

然後他把克拉巴特扶下來，就在克拉巴特腳剛踩上地板時，所有他今早看到的，都從他腦海裡消失了。

二月的下半，嚴寒來襲。

他們現在得每早把水閘前頭的冰鑿掉。夜晚水車不轉時，水車葉片上的承水槽就結了一層厚厚的冰殼，在啓動碾磨機前，也必須把這些敲掉。

最危險的是在引水槽裡形成的底冰。爲了避免水車因此動不了，必須有兩個伙計三不五時下去用尖嘴鋤把冰敲掉。這工作沒人喜歡做，彤大會盯著，不讓任何人藉故躲開。但輪到克拉巴特時，他就自己下去引水槽，因爲他說那工作不適合小孩做，弄不好會受傷。

其他人都同意，只有奇托像平常一樣嘟囔著，呂希克則說：「不注意的話，誰都嘛會受傷。」

不知道是不是湊巧，呆呆的尤洛這時剛好走過來，兩手各提著滿滿一桶的豬食，來到正在鑿冰的呂希克上方時，他一個踉蹌差點摔跤，結果餿水潑了呂希克滿頭滿身。呂希克破口大罵，尤洛絞著手哀求說，他可以爲自己的過失打自己耳光。

「想到你這幾天會很難聞，」他說，「而這都是我的錯……，哎唷哎唷，呂希克，哎唷哎唷！我求你別生我的氣！我也覺得對不起那些可憐的豬！」

克拉巴特現在常和彤大他們到森林裡伐木。當他們穿得厚厚地坐在雪橇上，早餐的粗麥粥在肚子裡，毛皮帽子壓得低低的，雖然氣候嚴寒，克拉巴特的心情卻很好，他覺得即使一頭小熊也不會比他更舒服。

他們把砍下來的木頭，當場除掉枝椏、去皮、砍成適當長度，然後堆起來，沒有很密，一排直一排橫地堆上去，這樣才能通風陰乾，到了冬天再運回磨坊，砍成木檁，或削成不同厚薄的板子。

如此，一週又一週過去，克拉巴特的生活沒什麼新鮮的。但周遭的一些事情，卻讓他覺得奇怪。其中讓他很感訝異的一件事是，從沒有磨穀物的顧客來磨坊。難道周遭的農人都避免來這裡？但碾磨機卻天天在運轉，穀粒每天倒進漏斗槽，大麥和燕麥被粗磨，還有蕎麥也是。

難道說那些每天從粉箱流進袋子裡的麵粉和粗麥粉，到了晚上又變回了穀物？克拉巴特覺得完全有可能。

三月第一個週末，天氣有了變化。西風吹來滿天的灰雲。「要下雪了，」奇托嘟囔地說，「我感覺得到，連骨頭都感覺得到。」而確實也下了雪，一點點濕、胖的雪花，然後開始夾雜滴答的雨滴，雪變成了雨，如此淅瀝嘩啦一直下下去。

「你知道嗎？」安德魯西對奇托說，「你得養隻雨蛙，你的骨頭不可靠了。」

眞是惱人的天氣。大雨傾盆，狂風怒號，冰雪也隨之融化，磨坊水塘漲得高高危險的。他們得冒雨出去把磨坊的水閘關起來，用木樁撐住。

攔水堤頂得住這樣的大水嗎？

「再這樣下去，不用三天，我們和磨坊都會被沖走。」克拉巴特心想。

第六天傍晚，雨停了。雲層散開，濃密、濕透的黑色森林，在夕陽中短暫地泛紅。

這晚，克拉巴特作了個惡夢：磨坊失火了。伙計們從床上跳起來，大聲嚷叫地跑下樓梯；但克拉巴特自己卻躺在床上像根木頭，動也動不了。

屋樑已燒得劈劈啪啪，第一顆火花已經飛迸到他臉上，他大叫一聲跳起來。

揉揉眼，打個哈欠，看看周遭，他嚇了一跳，不敢相信自己看到的。伙計們都跑哪去了？

草褥上空空無人，看起來他們離開得很匆忙：踢開的被子，亂皺皺的床單，這裡一件毛衣或一頂帽子，那裡一條圍巾或腰帶。閣樓窗外閃爍的紅光映照進來，全都看得清清楚楚。

磨坊眞的燒起來了？

克拉巴特這下子睡意全消，他打開窗戶，探身出去，磨坊前頭停著一輛馬車，載了很多東西，被雨打髒的車篷鼓鼓滿滿的，拉車的六匹駿馬，一色烏黑。車夫座上是個大衣領子翻得高高、帽子戴得低低的人，也是一身黑。只有冠在他帽子上的雄雞尾巴羽毛是鮮紅的，紅得像熊熊燃燒的風中火焰一樣：一下子火舌高竄，刺目耀眼；一下子火苗低掩，彷彿要熄滅了一樣。它的光，即使飄忽不定，也足以照亮屋前的空地。

磨坊伙計們在屋子和篷車間匆匆忙忙，卸下袋子，扛進碾磨房，然後又匆忙跑出來。一切無聲、火速進行著。沒有呼叫聲，沒有咒罵聲，只有他們急促的喘息聲，還有那人時而揮鞭的響聲，鞭梢剛好掠過伙計們的頭上，讓他們可以感覺到鞭風的抖動，這樣可以催促他們更加倍苦幹。

甚至連磨坊師傅都表現得很勤快。這個在磨坊裡從不幫忙、從不彎根手指的師傅，今晚卻一起工作。他好像得了酬勞似地，一副要和其他人比賽誰更賣力的樣子。其間，他有一次丟下工作，消失在黑暗中，克拉巴特以爲他要休息一下，但他卻是往上跑到磨坊水塘，拿掉木樁，打開水閘門。

水湧入導水渠，滾滾流向引水槽，水車開始嘎嘎地動，過一會終於旋了起來，然後很輕快地轉動著。碾磨機低沉轟隆地啓動，但只有一台在運轉，那聲音對克拉巴特來說是很陌生的，好像來自磨坊最後頭的角落。吵雜的嘎啦嘎啦、卡嗒卡嗒，伴隨著難聽的尖銳刺耳聲，沒多久轉成沉濁、慘不忍聽的號叫聲。

克拉巴特想到「死磨」，渾身起了雞皮疙瘩。

下頭仍繼續工作著。車篷裡的東西卸完後，伙計們略作休息，就這麼一會而已，然後又繼續他們的苦活，這一次是把袋子從碾磨房扛到馬車上。之前裡頭的東西，是什麼也罷，磨好後現在又裝回車上。

克拉巴特想數數有多少袋，但數著數著卻打起盹來。第一聲雞鳴時，車輪的叩隆叩隆聲把他吵醒過來。那個陌生人，克拉巴特還看得到，揮鞭駕車穿過濕漉漉的草地，往林子方向駛去。但奇怪的是，沉重的馬車卻沒在草地上留下任何一絲的車痕。

過一會水閘關上，水車停止轉動。克拉巴特趕緊溜回床上，用被子蓋住腦袋。伙計們筋疲力盡，搖搖晃晃走上樓梯。一言不發上了床，只有奇托反覆嘟囔地說什麼「該死該死該死的新月夜」和「地獄裡非人的苦活」。

這早，克拉巴特累得幾乎爬不起來。他的腦袋轟隆隆的，肚子也覺得怪怪的。吃早飯時，他打量那些伙計：一個個疲累不堪、睡眼惺忪的樣子。他們悶悶不樂地把粥吞進肚子裡，就連安德魯西也搞笑不起來，只是板著臉看著碗裡，一聲也沒吭。

吃完早餐後，彤大把克拉巴特叫到一旁。

「你昨晚沒睡好？」彤大問。

「要這麼說也可以。」克拉巴特回答，「但我不必做苦工，只要看著你們。可是你們！……那人來的時候，你們爲什麼沒把我叫醒？你們想瞞著我，就像磨坊發生的其他事情一樣。不過，我可不瞎不聾，更不是笨蛋，絕對不是。」

「沒人這麼講。」彤大反駁說。

「但你們這麼做！」克拉巴特高聲說，「你們在和我玩躲貓貓，幹嘛還要這樣？」

「什麼事都需要時間。」彤大平靜地說。「你很快就會知道，師傅和這個磨坊是怎麼回事。這一天會比你想像來得快，在這之前，你要有點耐性。」

快，到桿子上

聖週五耶穌受難日，天黑不久，蒼白浮腫的月亮爬上科澤沼地的上空。伙計們都坐在雇工房，只有克拉巴特累得躺在床上準備睡覺。今天雖然是節日，他們也得工作。現在終於晚上了，他可以好好休息……。

忽然他聽到叫他的名字，就像當時在彼得斯罕村打鐵舖的夢中一樣，只是那個沙啞、像是來自虛空的聲音，對他來說不再陌生了。

他起身細聽，第二聲的叫喊：「克拉巴特！」他抓起衣服穿上。

穿好後，聽到師傅叫第三次。

他趕緊摸黑過去打開閣樓的門，底下的燈光泛上來，他聽到走廊有聲音，是木鞋的叩叩聲。他頓覺不安，猶豫、屏息，然後一股作勁，三步併作兩步跑下樓梯。

那十一個伙計站在走廊末端，黑色小房間的門開著，師傅坐在他的桌前。就像克拉巴特剛來那天一樣，那本厚厚的皮裝書放在他面前，還有骷髏頭和燃著的紅色蠟燭；只是他的臉不再那麼蒼白，已經很長一段時間好多了。

「站過來一點，克拉巴特！」

他走過去站在黑色小房間門邊，不再覺得累，腦袋也不再昏沉，心臟也不再砰砰猛跳了。

師傅打量他一會，然後抬起左手，對著站在走廊的伙計們。

「快，到桿子上。」

呱呱叫地拍著翅膀，十一隻烏鴉掠過克拉巴特身邊，穿過小房間的門。他回頭一看，那些伙計都不見了。十一隻烏鴉棲在房間後頭左角落的一個桿子上，朝他看著。

師傅站起來，身影籠罩著克拉巴特。

「你來磨坊已經三個月了，克拉巴特，」他說，「你已經通過試用期，不再是普通的學徒，從現在起你是我的學生了。」

他走向克拉巴特，左手摸他的左肩。克拉巴特一身寒顫，然後覺得自己開始縮小，越縮越小，同時開始長出烏鴉毛、烏鴉嘴，還有爪子。他蹲在門邊，對著師傅的腳，不敢抬頭看。

磨坊師傅望著他好一會，然後拍掌，喊說：「去！」

克拉巴特，烏鴉克拉巴特，順從地張開翅膀，飛了起來。他笨拙地拍著翅膀飛進房間，在桌邊打轉，翅膀碰到那本書和骷髏頭，然後降落在其他烏鴉旁邊，用爪子緊緊抓住桿子。

師傅訓誡說：「克拉巴特，你要知道，你是在一所魔法學校裡。在這裡學的不是讀、寫、計算，而是技藝中的技藝。我桌前這本用小鍊子繫著的書，是魔法書。你看到了，書頁是黑的，文字是白的。裡頭包含了世界上所有的咒語。這本書只有我可以讀，因爲我是師傅。你們，你和其他的學生都不准讀，要記住！別想背著我偷讀，否則你會後悔莫及！知道了嗎？克拉巴特。」

「知道了。」克拉巴特呱呱地說，很驚訝自己能說話，雖然聲音沙啞，但說得很清楚，而且絲毫不費力。

克拉巴特曾聽過有關魔法學校的傳聞，說是在勞齊茨一帶有好幾個。但他總以爲只是人們在紡紗房裡紡紗、清理羽絨時所講的一些嚇唬人的故事而已。而現在，他自己卻身陷其中之一，雖然這裡被當成是磨坊，但看來——至少附近的人這樣傳說著——這裡有點不太對勁，要不爲什麼科澤沼地一帶的人都避開這裡。

克拉巴特沒有時間多想。師傅又坐回座位，開始朗讀魔法書裡的一段，用緩慢、吟唱的聲調，同時身體僵硬地前後擺動。

「這是使井水枯竭的法術，井水會在一天後乾涸。」他朗誦道，「首先，準備好四根用爐火烘乾的樺木棍，大約拇指粗，兩個半手掌張開的長度，前端削尖成三稜形。然後在夜裡十二點到一點之間，把這四根小木樁打入離水井中央七呎的地面裡，四個方位各一根，從北方開始到西方結束。最後，在你默不出聲做完這些後，慢步繞井三圈，同時唸著以下所寫的……。」

接下來，磨坊師傅朗讀書裡的咒語。一串難懂的詞句，字詞悅耳，但語調卻是陰沉、祁災降祟的口吻。這樣的語調一直在克拉巴特的耳朵裡迴響著，即使磨坊師傅停頓一會後，又從頭朗讀魔法書的章節時，還是如此。

「這是使井水枯竭的法術，井水會在一天後乾涸……。」

磨坊師傅朗讀了三次完整的段落和咒語，總是同樣枯燥的吟唱語調，同時身體前後擺動。讀完三次後，他把書合上。沉默了一會，然後轉向那些烏鴉。

「我又教了你們新的魔法，」他說，聲調又恢復平常一樣，「讓我聽聽看你們記住了多少。你，從你開始！」

他指著其中一隻烏鴉，要他覆述魔法書的內容和咒語。

「這是使井水……枯竭的法術，井水會在……一天後乾涸……。」

師傅一下子命令這隻烏鴉講，一下子命令那隻烏鴉，還提問題考他們。雖然他沒叫他們的名字，但從他們講話的樣子，克拉巴特分辨得出誰是誰。彤大就算是變成烏鴉，講話也是沉著慎重；奇托的聲調明顯帶有不快的口氣；安德魯西用烏鴉嘴和用人的舌頭說話一樣伶俐；而尤洛在覆述時顯得很費力而且常常停頓。總之，在這群烏鴉中，沒有一個不是克拉巴特馬上就能認得出來的。

一次又一次，魔法書的內容和咒語：時而流暢、時而停滯，……第五遍、第九遍、第十一遍。

「現在，你！」師傅對著克拉巴特說。

克拉巴特開始發抖，結結巴巴地說：「這是使井水……使井水……使井水……」

他在這裡停住，不知道怎麼接下去，怎麼也不知道。師傅會處罰他嗎？

師傅心平氣和。

「克拉巴特，下次你得多注意文字內容，而不是聲音。」他說，「另外你也得知道，在這學校沒人會被逼著學習。記住我朗讀的魔法書內容，對你會有好處，否則損失是你自己，好好想想。」

如此，教學結束。門打開，烏鴉紛紛快飛而出，在走廊裡，他們又變回人形。克拉巴特也是，雖然他其實不知道該怎麼變、要變回什麼樣子？

當他跟在伙計們後頭，爬上閣樓樓梯時，覺得像是作了一場混亂迷糊的夢。

祕教的記號

隔天，聖週六，伙計們不用工作。早餐後，他們大部分的人又藉這機會去睡回籠覺。

「你也一樣，」彤大對克拉巴特說，「應該上去先睡個飽。」

「先睡個飽？什麼意思？」

「到時候你就知道了。去躺著，試著睡著，能睡多久就睡多久。」

「好，」克拉巴特嘟囔地說，「我這就去……。抱歉，我多問了……。」

閣樓的窗戶已經有人用一塊布遮住了，這樣很好，比較容易睡得著。克拉巴特背對著窗，側身右躺，腦袋枕著胳臂，就這樣睡著，直到尤洛把他叫醒。

「起來，克拉巴特，可以吃飯了。」

「什麼，已經中午啦？」

尤洛笑著把窗戶上的布拿掉。

「要是中午就好了！」他大聲說，「太陽快下山囉！」

這一天，伙計們是午、晚餐一起吃，特別豐盛，幾乎像宴會一樣。

「盡量吃得飽飽的！」彤大提醒說，「你們也知道得撐好一陣子！」

飯後，復活節前夕來臨，磨坊師傅過來雇工房，準備派他們出去「拿記號」。伙計們圍成一圈，磨坊師傅站中間，然後他開始數，就像小孩子玩抓鬼遊戲那樣。磨坊師傅邊唸著奇怪、帶有威脅的詞語，同時從右向左數一遍人頭，然後再從左向右。第一次數到史達希柯，第二次數到安德魯西。兩人默默走出圈子離開。然後師傅重新數下去，這回數到漢佐和梅爾登，兩人也離開。接著是呂希克和裴塔爾；到了最後，只剩下克拉巴特和彤大兩人。

磨坊師傅重複最後一遍那些難以理解的詞語，緩慢、隆重，然後做個手勢要他們走，自己就轉身離開了。

彤大示意克拉巴特跟他走。兩人也默默走出屋子，默默走到柴房。

「等一下！」彤大說，進去拿了兩條毛毯，一條遞給克拉巴特。然後走向通往黑崑崙的路，他們經過磨坊水塘，穿過科澤沼地的前段。

走到森林時，夜色已深。克拉巴特盡力緊跟著彤大。忽然想到，這條路他曾經走過，從相反方向，冬天時單獨一人。而這不是才三個月前嗎?!

眞是不可思議！

「黑崑崙。」過了一陣子，彤大說。

他們看到村子的燈火在樹幹間閃爍，但他們從裡開始往右走，走向空曠的荒野。乾燥砂質的小徑沿著稀疏的樹木，穿過灌木叢和矮樹之間。野外的天空高曠，繁星點點。

「我們要去哪裡？」克拉巴特想知道。

「到『殺人十字架』。」

沒多久，他們看到荒野中有火光的反照，是砂地凹坑的火。是誰生的火呢？

「一定不是牧羊人，」克拉巴特自言自語說，「季節還這麼早；比較可能是吉普賽人或流浪漢，或者帶著破銅爛鐵的走街補鍋匠。」

彤大停住腳步。

「他們搶先一步，比我們早到了『殺人十字架』；我們去『波伊梅爾死地』。」

彤大什麼也沒解釋，轉身掉頭就走。兩人沿著來時的小徑走回森林那邊，在這裡往右走上一條田間小徑。小徑經過黑崑崙旁邊，接上一條沿著對面樹林邊的馬車路。

「就快到了。」彤大說。

月高高升起，路分外的明。兩人沿著馬路走到下一個轉彎處，在赤松的陰影下，一個一人高的木十字架立在那裡，沒有銘文也沒有裝飾，風雨剝蝕得已不成樣。

「波伊梅爾死地，」彤大說，「好幾年前有個叫做波伊梅爾的人死在這裡，聽說是在伐木的時候，不過現在也沒人知道到底是怎麼回事了。」

「我們來這裡幹嘛？」克拉巴特問。

「因爲師傅要我們來，」彤大說，「我們和其他伙計都得在復活節前夕在野外守夜，兩個人一組，在某個有人橫死的地方。」

「那我們現在要幹嘛？」克拉巴特又問。

「我們先生個火，」彤大說，「然後待在十字架底下，一直守夜到天亮，破曉時刻我們就畫記號，你畫我，我畫你。」

他們特意不讓火苗竄得太高，以免引起黑崑崙的人注意。兩人各自裹著毛毯，坐在木十字架底下守夜。彤大偶爾會問一下克拉巴特冷不冷，或要他往火堆添幾根他們在樹林邊撿來的枯枝。然後彤大越來越沉默，克拉巴特試著打開話匣。

「ㄟ，彤大。」

「怎樣？」

「在魔法學校總是這樣嗎？師傅唸一段魔法書的內容，然後看你能記住多少……。」

「對。」

「我怎麼也難以想像，用這種方式也能學魔法。」

「當然可以。」

「師傅有沒有因爲我不專心而生氣？」

「沒有。」

「我以後會小心留意，把它全都記住。你想我辦得到嗎？」

「當然。」彤大說。

他似乎不是很有興致和克拉巴特說話。背靠著十字架，直挺地坐那裡，沒有反應，眼神凝視著遠方，越過村子，望向明月下的荒野，一句話也沒再說。克拉巴特輕聲叫他，他也沒反應。就算死人也不會比他更沉寂、更如此呆滯凝視。

如此一陣子，彤大的樣子讓克拉巴特覺得有些陰森不安。他想起自己聽說過的：有些擅長魔法的人，懂得分身，會從自己的身體神遊出去，就像蝴蝶破繭而出，留下一個空殼，而那個眞正的他，誰也看不到，正經由祕密的路徑去祕密的地方。難道彤大也是神遊出去了？難道說他看來雖然是坐在這裡，但其實人是在別的地方？

「我絕不能睡著。」克拉巴特心裡這麼想。

他一下用右手撐著腦袋，一下子用左手；也注意讓火苗不大不小地繼續燃下去；他把樹枝折成適當長度，做成很好看的火堆。如此一小時一小時過去。天際星移斗轉，遠處的屋影和樹影，隨著月光的移動緩緩改變。

忽然，彤大的神魂好像又回來了，他湊向克拉巴特，指著四周。

「鐘聲……，聽到了嗎？」

從濯足節（復活節前的星期四）那天起就沒響鐘聲了；現在，復活節前夕的子夜，各地的鐘聲又開始響起。四周鄰村教堂的鐘聲傳到黑崑崙來，雖然只是輕輕、低沉的轟響，像蜂群的嗡鳴，但充滿了荒野、村子、田間、草地，一直到最遠的山丘。

幾乎就在遠處傳來鐘聲的同時，黑崑崙揚起一位少女的歌聲，喜悅地唱著一首古老的復活節歌。克拉巴特知道這首歌，小時候也在教堂跟大家一起唱過，但他卻覺得像是今天第一次聽到一樣。

聖主基督
復活了

哈利路亞
哈利路亞！

然後一組十二個或十五個少女的歌聲加進來，合唱完這一節。接著那個女孩又起音唱下一節，如此繼續下去，領唱、合唱輪流交替，一首接一首。

克拉巴特在家鄉時，就聽過這種唱法。在復活節前夕，女孩們沿著村子的街道來來回回走著、唱著，從半夜到黎明。她們三、四人一排，前後排走得很近，而克拉巴特知道其中一個是領唱，她的歌聲最美、最純，走在第一排，而且只有她可以領唱。

遠處響著鐘聲，女孩們唱著歌，克拉巴特坐在十字架底下的火堆旁，幾乎連呼吸都停止，只是傾聽著，傾聽村子那邊的歌聲，像是著了魔似地。

彤大把一根樹枝放進火裡。

「我喜歡過一個女孩，」他說，「名字叫芙秀菈，但現在已經葬在絲角村的墓園半年了。我沒帶給她幸福。克拉巴特，你要知道，我們這些在磨坊的，沒人能帶給女孩子幸福。我不曉得究竟是怎麼一回事，也不是想嚇你，但如果你有天愛上哪個女孩，別讓人看出來。要小心別讓師傅知道，還有呂希克也不行，他什麼都會偷偷跟師傅講。」

「那個女孩的死，和師傅或呂希克有關嗎？」克拉巴特問。

「我不知道。」彤大說，「我只知道，如果我沒有提過她的名字，她現在還會活著。我太晚知道會有這種情況。可是你，克拉巴特，你現在知道了，而且知道得早。所以，如果你愛上哪個女孩，別在磨坊裡洩漏她的名字，不管有誰或有什麼東西誘惑你，都不行，也不管是醒著時，還是睡著時。聽到了嗎！這樣才不會帶給你們不幸。」

「這不用擔心。」克拉巴特說，「我對女孩子不感興趣，而且這種情況看來也不會改變。」

破曉時分，村子的鐘響和歌聲停止。彤大用刀子從十字架上削下兩塊小木片，伸到火焰裡，讓木片的前頭燒焦。

「你或許知道什麼是五線五角星？」彤大問。

「不知道。」

「看一下。」

彤大用指尖在砂土上畫了一樣東西：一個五角星，由五條線構成，每條線和另外兩條線交叉，如此可以一筆就畫出完整的星形。

「就是這個記號。」彤大說，「你畫畫看！」

「這應該不難，」克拉巴特說，「你先是這樣……然後這樣……然後……。」

到了第三次，克拉巴特才準確無誤地畫出了五線五角星。

「好。」彤大說，把其中一塊木片塞到他手裡。「跪在火旁，手從火堆上伸過來，在我額頭上畫那個記號。然後跟著我唸……。」

克拉巴特照著做。兩人互相在額頭上畫五角星時，克拉巴特跟著彤大說：

我給你做記號，兄弟

用十字架的炭片

我給你做記號

用祕教的符號

然後他們交換復活節吻，吻了彼此的左臉頰。再往火堆裡扒沙，把剩下的樹枝往四周丟，然後啓程回去。

彤大還是走田間的小徑，沿著村子外頭，走向薄霧籠罩的樹林。晨光中，前頭忽然出現模糊的人影。是村子的少女，無聲，長長一列，往他們這邊走來：黑色的頭巾和披肩，每個人手裡拿著一個盛水的陶壺。

「過來，」彤大輕聲對克拉巴特說，「她們去拿了復活節聖水，我們別把她們嚇著……。」

兩人迅速彎身躲在旁邊荊棘叢的暗影裡，讓那些女孩走過。

克拉巴特知道，復活節聖水得在復活節清晨，太陽還沒升起來時，默默去泉邊取來，然後默默地拿回家。用這水梳洗的話，一整年會美麗、幸福——至少女孩們是這麼說的。

而且，如果把復活節聖水拿回村裡途中，沒有回頭看的話，她就會遇到未來的愛人——女孩們也這麼說。到底是不是眞的這樣，那就不得而知了。

記住，我是師傅

磨坊師傅拿來一個牛軛放在敞開的屋門前，兩邊末端釘牢在門框上，大約肩膀高度。伙計們回來時，得穿過牛軛底下，並說：「我在祕教記號的牛軛下彎身屈從。」

師傅在玄關等著。每個進來的伙計，他都賞他們右臉頰一個耳光，並大聲說：「記住，你是徒弟！」

然後又在左臉頰打一個耳光，說：「記住，我是師傅！」

伙計對他深深三鞠躬，向他發誓說：「師傅，我會服從你所有的事，從現在到永遠。」

彤大和克拉巴特也受到同樣待遇。但克拉巴特還不了解，從今天起，他已是師傅掌中之物，無論靈肉髮膚，是生是死，都任憑磨坊師傅了。伙計們站在走廊末端，似乎是在等著早餐，克拉巴特也站過去。每個人，就像彤大和克拉巴特一樣，額頭上都畫著五角星。

只有裴塔爾和呂希克還沒回來。

沒多久兩人也出現在門口，他們低身穿過牛軛、挨巴掌、發過誓後，碾磨機開始吵雜地轟隆轟隆運轉起來。

「快！」師傅對他們喊說，「工作去！」

伙計們脫掉外衣，邊跑邊把襯衫的袖子捲起，跑進碾磨房，把穀物扛過來，開始碾磨，在師傅的叫喊和不耐煩的監督下忙個不停。

「這叫聖週日?!」克拉巴特心想，「一夜沒睡，早餐也沒吃，還得一個人做三人份的苦工！」

就連彤大也漸漸開始冒大汗、上氣不接下氣。這個早上，每個人都得流汗，從額頭到太陽穴，從脖子到背脊，一直流下去，襯衫濕黏，褲子也一樣。

「這樣還得繼續多久？」克拉巴特心裡問著。

他看到的都是強忍的表情，都是喘氣嘆息和流汗冒氣。他們額頭上的五角星越來越模糊，在汗水中溶化，漸漸快看不見。

然後意想不到的事發生。

扛著一袋麥子的克拉巴特，用他最後一絲的力氣和全部的意志，痛苦地爬上平台的木梯。眼看著就要摔跤，就要被壓垮——忽然，所有的辛苦都消失：腿的痙攣不見，後腰也不再疼痛，呼吸也不覺得困難了。

「彤大！」他喊，「你瞧！」

他一躍就上了平台，把那袋小麥從肩膀晃下，揪住袋子兩邊末端，一邊大聲叫好，一邊晃動袋子，把裡頭的東西倒進碾磨槽裡，輕易得就像袋子裡裝的不是穀物而是鵝絨一樣。

伙計們也一下子判若兩人，他們舒展手臂，高興地笑，或者拍拍大腿。就連老喜歡嘟嘟囔囔發牢騷的奇托，也不例外。

克拉巴特還想趕快到倉庫搬另一袋小麥來。「等下！」彤大喊說，「別去了，夠了！」他們讓剛才那袋小麥磨完，然後彤大關掉碾磨機。「今天到此爲止！」他說。

嘎——，最後是卡嗒一聲，水車停止轉動。他們把粉箱拍打乾淨。

「兄弟們！」史達希柯喊說，「現在讓我們慶祝慶祝！」

一下子，葡萄酒來了，好幾大壺，然後尤洛又拿來復活節蛋糕，用豬油烤的，金褐色，甜甜的，裡頭包著凝乳或李子醬的餡。

「吃吧，兄弟們，吃吧！也別忘了還有酒。」

他們暢快地吃吃喝喝。之後，安德魯西開始大聲、放縱地唱起歌來。於是大夥嚇下蛋糕，再喝口酒，然後圍成一圈，挽著臂，用腳打拍子唱了起來：

磨坊的老闆坐在大門前
克拉布斯特，克拉巴斯特
克拉本！
一個俊俏的學徒現了身：
克拉布斯特，克拉巴斯特
克拉本！
一個俊俏的學徒現了身
克拉布斯特，克拉巴斯特
克拉本！

「克拉布斯特，克拉巴斯特」這一句，他們一起合唱，然後漢佐領頭唱下一節；如此這般輪流唱下去，同時圍著圈跳舞，忽而向左，忽而向右，忽而往中間，然後又往後退。

最後，恰如其分地輪到克拉巴特這個學徒。他閉起眼睛，唱了這首歌的結尾：

但那個學徒並不笨
克拉布斯特，克拉巴斯特！
克拉本！
他扭斷了老闆的脖子根
克拉布斯特，克拉巴斯特！
克拉本！
他扭斷了老闆的脖子根
克拉布斯特，克拉巴斯特！
克拉本！

跳完舞，他們又喝起酒來。平常很沉默的庫柏，把克拉巴特叫到一旁，拍拍他肩膀。

「你有個好嗓子，克拉巴特，你應該去當唱詩班的領唱。」

「我？」克拉巴特問。

經庫柏這麼一說，他才意識到這件事：自己現在又能唱歌了，雖然聲音比較低沉，但平穩扎實，而且從去年冬天開始有的那種煩人的喉嚨搔癢，也消失了。

復活節週一，伙計們又開始像平常那樣工作，還是那些例行的事情，只是克拉巴特不用再像以前那樣受折磨了。之前師傅要他做的，現在對他來講輕而易舉。看來每晚累得半死不活躺在床上的那段日子，已經熬過去了。

克拉巴特對這種改變心存感謝。他猜想得到這是怎麼回事。當他又一次和彤大單獨一起時，他談起這件事。

「沒錯，」彤大說，「只要我們額頭上有五角星，我們就得像牛馬那樣苦幹，直到汗水把每個人額頭上的記號都溶化掉。這樣一來，接下來一整年，從早上到傍晚的工作，都會變得輕鬆很多。」

「那麼，其他時間呢？」克拉巴特問，「我是說收工後？」

「那就不行了，」彤大說，「那就得靠我們自己的力氣做事了。不過，別擔心，我們會被從床上拉起來幹活的情況並不常有，再說那些也都還是忍受得了的。」

關於復活節前夕和彤大對那女孩的哀愁，他們沒再談起，連有意無意的觸及也沒有。但克拉巴特相信自己知道，彤大那晚像死人一樣坐在火邊，呆滯地凝視著遠方，其實是去了哪裡。克拉巴特一想起芙秀菈的事，就會想到那個領唱的女孩，或者應該說是她的聲音——那個子夜，他聽到的，從黑崑崙傳出來的歌聲。他奇怪自己怎麼會這樣，他想把那聲音忘掉，但卻做不到。

每個星期五的晚餐後，伙計們集合在黑色小房間前，變成烏鴉飛到桿子上。克拉巴特也很快學會了這一招。磨坊師傅每次都唸一段魔法書的內容，完整地唸三次，然後他們得覆述，不管記得多少、記了什麼，這點磨坊師傅倒不是很計較。

克拉巴特學得很認眞，努力記住師傅教的：像呼風喚雨、變冰糖、定身法、魔彈法、隱形術、靈魂神遊法等等。白天工作時和晚上入睡前，他都勤快地默唸魔法書的內容和咒語，讓自己能牢牢記住。

因爲克拉巴特現在了解到：誰精通魔法，誰就能控制別人；如果不能獲得更多的法力的話，至少要像師傅那麼多，這是他的目標，所以他學、學、學。

復活節後的第二個禮拜，伙計們有天夜裡從床上被挖起來。磨坊師傅拿著燭台，站在睡房門口。

「工作！教父大人要來了，快，快！」

克拉巴特在慌忙中找不到鞋子，只好光著腳丫跟著大家跑，來到磨坊前頭空地。這晚是新月，夜色漆黑，伙計們伸手不見五指。忙亂推擠中，不知是誰的木鞋踩到克拉巴特的腳趾頭。「ㄟ！」他疼得大叫，「不會小心一點嗎？拙蛋！」

一隻手伸過來掩住他嘴巴。「別再說話了！」彤大悄聲說。

克拉巴特這才意識到，從被叫醒後，伙計們都沒說過任何一句話。接下來一整晚，他們也是這樣，包括克拉巴特。

他想也想得到，他們要做的是什麼工作。沒一會，帽子上冠著火紅羽毛的陌生人，駕著馬車過來。伙計們衝上前去，打開黑色布篷，把一袋袋東西扛進磨坊，扛到碾磨房最裡頭的「死磨」那邊。

一切就像克拉巴特四個禮拜前從閣樓窗戶看到的那樣，只是這次師傅坐在馬車上那個陌生人旁邊，啪啪地揮舞著鞭子，鞭梢就從他們腦袋上掠過，所以他們感到鞭子的風聲時，會彎身低頭。

克拉巴特幾乎已經快忘記扛這麼一大袋滿滿的東西有多重，有多快會上氣不接下氣。「記住，你是徒弟！」

師傅的這句話，讓他越咀嚼越不是滋味。

鞭子啪啪作響，伙計們奔跑，水車轉動，磨坊充滿「死磨」嘎啦嘎啦和轟隆轟隆的咆哮聲。

克拉巴特想知道袋子裡是什麼東西？他看一下槽裡，但從屋樑掛下來搖搖晃晃的微弱燈光中，看得不是很清楚。倒進去的是馬糞蛋？是赤松毬果？還是石頭，圓圓髒髒的石頭？……

他沒有時間細看，呂希克已經喘吁吁扛著下一袋東西靠過來，手肘往他肋骨一頂，把他擠到旁邊。

米歇爾和梅爾登站在出粉口，把磨好的東西裝袋綁好。一切和上回一樣進行著。第一聲雞啼時，馬車又重新裝滿，車篷拉好，拴牢。

陌生人拿起鞭子，「唆！」一聲趕馬，馬車急奔而去。如此之快，磨坊師傅差點就摔下來，還好他趕緊跳下。

「來！」彤大對克拉巴特說。

伙計們進屋裡，他們兩人往上走到水塘邊，把水閘關上。兩人聽到下頭的水車停止轉動，一切靜寂下來，只剩公雞的啼聲和母雞的咯咯聲。

「他常來嗎？」克拉巴特問，腦袋往消失在霧中的馬車方向一點。

「每個新月的晚上。」彤大說。

「你知道他是誰？」

「只有師傅知道。師傅叫他教父大人，而且怕他。」

兩人慢步走過露濕的草地，往下走向磨坊。

「我有點不懂，」要進屋子時，克拉巴特說，「上回那個陌生人來的時候，師傅也一起幹活，今天怎麼沒有？」

「那次他得代替一下，湊足十二個人。」彤大說，「不過從復活節起，我們魔法學校的人數又齊了。此後的新月夜，他可以拿著鞭子啪啪度過了。」

卡門茨的「公牛布拉西克」

磨坊師傅有時會派兩個或幾個伙計一起出門，交代任務給他們，讓他們有機會到外頭應用一下學到的魔法。

有天早上彤大對克拉巴特說：「今天我得和安德魯西到維堤赫瑙的牲口市場，如果你要的話，可以一起去，師傅也同意。」

「好啊，」克拉巴特說，「老是做磨坊的事也煩！」

他們走林間小路，之後會在新村水塘房屋旁邊接上大馬路。是個風和日麗的七月天，松鴉在樹上嘎嘎叫，還有一隻啄木鳥嘟嘟啄著，蜂群在覆盆子叢中嗡嗡作響。克拉巴特發現，彤大和安德魯西的表情像是一副要去教堂堂慶的年市。這不可能只是因爲好天氣的關係。安德魯西原本就是愛搞笑，心情總是不錯；但彤大愉快地吹著口哨，倒是很少見。有時他還啪啪響地揮著趕牛的鞭子。

「你在練習，對吧？這樣回來的路上就知道怎麼趕那頭牛了。」克拉巴特問。

「回來的路上？」

「我們不是要去維堤赫瑙買牛嗎？」

「剛好相反。」彤大說。

這時，克拉巴特身後傳來一聲「哞」的牛叫聲。他轉頭一看，安德魯西剛才站的地方，有一頭肥壯、毛色光亮、紅斑的大花公牛，友善地瞅著他看。

「ㄟ?!——」克拉巴特揉揉眼睛。

忽然彤大也不見了，站那裡的是個瘦小的索布老農夫，韌皮鞋、亞麻褲，從腳踝往上綁著帶子，上穿罩衫，腰繫一條麻繩，帽子髒舊油膩、邊邊已經磨得禿禿的。

「ㄟ?!——」克拉巴特又驚呼一聲，這時後頭有人拍他肩膀，發出笑聲。

他轉身一看，安德魯西又站在那裡。

「你跑哪去了？剛才還在這裡的那頭牛呢？」

「哞！——」安德魯西發出牛叫聲。

「彤大呢？」

老農夫在克拉巴特面前又變回了彤大。

「哦，原來這樣！」

「沒錯，」彤大說，「就是這樣。我們等下要用安德魯西在牲口市場擺擺場面炫耀一下。」

「你要把他……賣掉？」

「師傅交代的。」

「如果他被宰了呢？」

「別擔心！」彤大保證說，「我們雖然賣了安德魯西，但只要把牽牛的繩子留著，那他就可以隨時、隨意地又變身。」

「那如果我們把繩子也給了呢？」

「你們敢！」安德魯西大聲嚷。「如果這樣的話，我這輩子就永遠是一頭牛了，得啃麥稈、麥草。你們千萬要記得那條繩子，別害死我！」

彤大和克拉巴特的公牛，在維堤赫瑙的牲口市場引起一陣騷動。周遭的牲口商人趕緊圍過來，幾個已經賣掉豬、牛的農夫，也擠過來湊熱鬧。這麼肥壯的公牛可不常見，這表示得趕快出手，免得被別人搶走。

「那個大傢伙多少錢？」

周遭的牲口商七嘴八舌喧嚷地問著彤大。從荷伊爾斯維達來的屠夫克勞澤出十五個銀幣，從國王橋村來的駝背羅伊希納出十六個銀幣。

彤大搖搖頭，說：「太少了點。」

太少了點？他是不是腦袋有問題！難道他把他們當笨蛋嗎？人群裡有人這麼唸著。

笨或不笨，彤大說，這幾位大爺自己最清楚。

「那好吧，」荷伊爾斯維達來的屠夫克勞澤說，「我給你十八個銀幣。」

「十八個銀幣？那我還不如把牛牽回家。」彤大嘟噥說。然後國王橋村來的羅伊希納出十九個銀幣，贊弗藤山來的古斯塔夫出二十個銀幣，彤大也都沒答應。

「那麼讓你和你的牛一起去給人下酒去吧！」屠夫克勞澤罵了一句。羅伊希納拍一下額頭，大聲說：「我眞是夠蠢的，要讓自己這樣破產！好吧，我出二十二個銀幣，再多就免談。」

還是沒答應，看來牛是賣不成了。忽然有人擠過人群，是個每走一步就像海象那樣呼哧呼哧喘著的肥腫男子，青蛙臉因爲汗珠而閃閃發亮，兩顆眼睛圓鼓鼓瞪著，身上穿著綠色帶有銀鈕釦的燕尾服，炫耀的錶鏈從紅色絲絨背心的口袋垂下來，腰帶上繫著誰都看得見的鼓鼓的錢包。

這個從卡門茨來的「公牛布拉西克」，是遠近最有錢、也最狡詐的牲口販子。他推開羅伊希納和古斯塔夫，用他嘈雜的破鑼嗓子大聲說：

「怎麼會這樣，真是見鬼了，這麼肥壯的牛要賣給瘦皮猴的鄉巴佬？我出二十五個銀幣買牠。」

彤大抓抓後腦勺，說：「太少了一點，大爺……。」

「太少了一點？你真是夠了！」

布拉西克掏出一個銀製的大鼻煙盒，彈開蓋子，遞到彤大面前。「要來點嗎？」然後自己用指甲挑了點先嗅一下，再讓這個索布老農夫聞一聞。

「哈啾！嗯，是真貨！」

「祝您健康，大爺！」

公牛布拉西克拿出一條方格紋大手帕，大聲擤了鼻子。「那就二十七個銀幣，真他媽的！把牛給我吧！」

「太少了點，大爺。」

布拉西克臉紅脖子粗。

「喂，你當我是誰？二十七個銀幣，就別再囉哩吧嗦了。我可是卡門茨的公牛布拉西克。」

「三十個銀幣，大爺。」彤大說，「三十個銀幣，牠就是您的。」

「這是剝削！」布拉西克大喊，「你要害我破產嗎？」他絞手翻白眼，「你到底有沒有心肝？對一個可憐的生意人的死活一點同情心都沒有嗎？讓步一下吧，老頭，二十八個銀幣，把那頭牛給我。」

彤大不爲所動，說：

「三十銀幣，就這麼回事！那頭牛是上等貨，少一毛我也不賣。你們不知道，要和牠分開我有多難過，就像要賣掉自己兒子那麼痛苦。」

公牛布拉西克知道再講下去也沒用。何苦再跟這個索布老頑固浪費時間？畢竟那可是一頭大壯牛。

「好吧，給我給我！眞他媽的！我今天心腸比較軟，只好依你了，這就是我的缺點，懂得同情可憐的人。好，握個手，就這麼定了。」

「好。」彤大把帽子拿下來，讓布拉西克把銀幣放進去，一個一個地。

「你也數了嗎？」

「數了。」彤大說。

「那就把牛給我，索布老土包。」

公牛布拉西克拿過牛繩就想把安德魯西牽走，但彤大拉住這胖子的袖子。

「怎麼？」

「嗯……，」彤大裝作不好意思地說，「還有一件小事。」

「什麼？」

「如果您能慈悲地把牛繩留給我，我會很感激……。」

「牛繩？」

「當作紀念。大爺，您是知道的，和這條牛分開，我有多難過。我會另外給您一條繩子，好讓您把牠牽走。我可憐的牛，現在你是他的了！……」

彤大把腰部的麻繩拿下，布拉西克聳聳肩，和他換了繩子，然後拉著牛離開。才到下一個拐彎，他就開始笑瞇瞇了。因爲他雖然付了三十個銀幣買了「安德魯西」，但卻是個好價錢。到了德勒斯登市，要把這頭肥壯的牛賣個一倍或更多的價錢並不難。

在水塘房屋後頭的樹林邊，彤大和克拉巴特坐在草地等安德魯西。兩人吃著之前在維堤赫瑙買的培根和麵包。

「你眞行！」克拉巴特對彤大說，「你應該看看你自己怎麼把那肥仔的銀幣套出來：太少了點，大爺，太少了點……。還好你也及時想到那條牛繩，要是我的話，肯定會忘得一乾二淨。」

「熟能生巧。」彤大輕描淡寫地說。

兩人給安德魯西留了一塊麵包和一些培根，用克拉巴特的外衫包住。他們躺下休息，吃得飽飽的，加上長途跋涉也累了，兩人睡得熟熟的。直到「哞」一聲把他們吵醒，一看是安德魯西站在他們面前：又變回了人形，而且全身上下，毫髮無傷。

「ㄟ，你們兩個，這種事可不是沒發生過，有些人會睡得駝駝的，然後腦袋也笨笨的！有沒有一塊麵包給我吃？」

「麵包和培根，」彤大說，「坐下來慢慢吃。跟公牛布拉西克後來怎麼了？」

「還能怎麼！」安德魯西嘟噥說，「這樣的熱天，一隻牛在野外走那麼長的路，滿嘴塵沙，想也知道。加上平常又沒那麼走過，那就更慘了。總之，布拉西克到奧斯林的小酒館休息時，我還沒生氣。酒館老闆看到我們到了，喊說：『看！卡門茨的表兄來了。』他和布拉西克打招呼，問他還好嗎？『還可以，不過實在渴死了，這種熱天。』『沒關係，我們幫你解渴！』酒館老闆說，『來，進來坐主桌那裡！地窖的啤酒多的是，夠你喝七個禮拜都喝不完！』『牛怎麼辦？』那個肥仔問，『我三十個銀幣買的牛？』『我們會把牠牽到牛棚，會給牠水和食物，牠要多少就給多少！』——他們指的當然是牛吃的食物……。」

安德魯西用刀子刺一塊大培根，聞了聞，塞進嘴裡，又繼續說：

「他們把我牽進牛棚。酒館主人對管牛棚的女工說：『卡忒樂，好好餵一下卡門茨表兄的牛，別讓牠在我們這裡變瘦了。』『好。』卡忒樂說，然後馬上把滿滿一捆乾草放進飼槽裡。這下我可受夠了牛的生活，想都沒想，就用人話跟他們說：『要啃乾草、麥稈，你們自己啃，我想要煎豬排、丸子和酸菜，外加一杯好啤酒！』」

「老天！」克拉巴特喊出聲，「然後呢？」

「那三個人嚇得跌在地上喊救命，就像是被烤肉鐵扦刺過去一樣。我又跟他們『哞』了一聲說再見，然後變成燕子飛出牛棚，啾——啾，就是這樣。」

「那布拉西克呢？」

「去見他的鬼吧，連他的買賣一起！」安德魯西拿起牛鞭，憤怒地「啪啪」抽了幾下，像是要強調一樣。「總之，我很高興自己又頂著這個天花鼻回來這裡了。」

「我也很高興看到你回來。」彤大說，「你做得很好，我想克拉巴特應該學到了很多。」

「是啊，」克拉巴特大聲說，「我現在知道，會魔法有多好玩了！」

「好玩？」彤大嚴肅了起來。「……不過，或許你說的也對，有時的確好玩。」

軍樂

因爲波蘭王位之爭，薩克森選帝侯和瑞典國王已經打了好幾年仗。而戰爭除了需要錢和大砲以外，更需要士兵，所以薩克森選帝侯不厭其煩叫人到處打鼓招兵。有很多小伙子會自願去從軍，尤其在戰爭初期；但對其他人，招募官就會「幫助」一下，或是用酒拐騙，或是用棍棒威脅。畢竟，爲了替光榮的軍團服務，有什麼手段不能用呢？更何況，每招募到一個新兵，就有一筆「人頭錢」可以拿。

初秋一個傍晚，一隊招募的官兵：包括德勒斯登步兵團的一個少尉，一個大鬍子下士，兩個二等兵，還有一個把鼓像背籃一樣揹著的鼓手。他們在科澤沼地迷了路。磨坊師傅這時正好到外地三、四天，伙計們懶洋洋地坐在雇工房裡，打算就這樣泡一晚。忽然有人敲門，彤大出去一看，是少尉和他的士兵。少尉說他是薩克森選帝侯大人殿下的軍官，因爲迷了路，所以才決定要在這該死的磨坊借宿，這樣明白了嗎？

「當然，大人，儲放草料的頂棚總有地方讓你們睡。」

「草料棚？」那個下士斥責說，「你是不是頭殼壞了，你這傢伙！把磨坊裡最好的床給大人。如果我的床也稍有不好，小心我剝了你的皮！還有，我們肚子餓了。把廚房有的東西端上來，還要啤酒或葡萄酒，哪種都行，只要夠就可以。一定要夠，否則我打碎你的骨頭！去，快去弄，你這混蛋！」

彤大吹聲口哨，輕輕短短的，但雇工房的其他伙計已經聽到。彤大和那些招兵的人進去時，他們都不在了。

「請坐，兵大爺們，飯菜馬上來！」

這些不速之客在雇工房解開領子、裹腿，讓自己舒服些時，伙計們聚在廚房商量對付他們的辦法。

「這些紮辮子的猴子！」安德魯西高聲說，「他們自以爲是什麼人！」

他已經想好了主意。所有伙計都叫好贊成，就連彤大也是。安德魯西和史達希柯在米歇爾、梅爾登的幫忙下，匆匆準備好食物：二大碗的麩皮和木屑，用變餿的亞麻油攪成糊，再撒些菸草屑當調味。尤洛跑去豬圈拿了兩塊發霉準備餵豬的麵包回來。克拉巴特和漢佐從雨水桶取了發臭的屋簷水，裝滿五個大啤酒杯。

都弄好後，彤大進去雇工房向那些人說，晚餐已經準備好了，如果大人許可的話，他就叫人端上來。然後他打個響指，一個很特別的響指。

於是，三大碗料理端上桌。「如果合您意的話，這是牛肉加雞雜碎麵條湯；這是甘藍熬下水；這盤是蔬菜，白豆、烤洋蔥加豬油渣……。」彤大說。

少尉聞聞端上的菜，不曉得該從何下口。

「不錯，不錯，你爲我們準備的還眞不錯，我就先從湯開始吧！」

「還有火腿肉和燻肉。」彤大又說，指著尤洛放盤子端進來的發霉麵包。

「還少了最重要的！」那個下士警告他說，「燻肉吃了會渴，渴了就得趁早消解，懂嗎？你這該死的傢伙！」

彤大手一招，漢佐、克拉巴特、裴塔爾、呂希克、庫柏一一拿著滿是腐水的大啤酒杯進來。

「我敬您，大人，祝您健康！」下士敬下尉，乾了他的啤酒，指一下鬍子，打個嗝。「不錯，這酒不錯。你們自己釀的？」

「不，」彤大說，「是『屋簷水村』的酒坊釀的，如果您容許我冒昧直言的話。」是個好玩的夜晚。招兵的人吃得飽飽的，而伙計們幸災樂禍地笑在心裡，因爲那些兵大爺一點也不知道自己眞正吃下的是什麼。

雨水桶夠大，發臭的屋簷水多的是，讓他們能一次又一次裝滿大啤酒杯。那些客人喝得滿臉通紅。年紀和克拉巴特差不多的鼓手，喝了五杯後，像麵粉袋往前傾倒，腦袋「咚」一聲撞在桌面上，聽起來就像打鼓，然後開始鼾聲大作。其他人繼續喝，喝得不亦樂乎之際，下尉的眼光望向磨坊伙計們，想起了他的人頭錢——他每招募一個新兵入伍都能得到的酬勞。

「你們覺得如何？」他晃著啤酒杯大聲說，「如果你們放棄磨坊工作，去從軍參戰的話？當磨坊伙計一點出息也沒有，什麼都不是，只像一堆糞土。不過當兵的話……。」

「當兵可好了！」下士插嘴進來，握拳捶桌，把鼓手往上一震，「當兵的日子可好了，有穩定的軍餉，快活的戰友。而且雙色披巾、鎳釦軍服、打裹腿到膝蓋的英挺樣，可眞受平民百姓，特別是少女和年輕寡婦的喜歡。」

「那麼戰爭呢？」彤大問。

「戰爭？」少尉大聲說，「戰爭對士兵來講，是他能祈望的最好的。如果他夠勇敢，也有點幸運的話，他會名利雙收，會得到勳章，會升爲下士或甚至中士……。」

「而且有的人，」下士誇耀地說，「有的人在戰爭中從平凡百姓變成軍官，甚至變成將軍！如果這不是千眞萬確的事，我讓你宰了吃以後還嫌我臭。」

「別猶豫了！」下尉大聲說，「做個勇敢的年輕人，跟我們回軍團去！我就這樣直接接受你們當新兵。來，握手為定！」

「握手為定！」彤大握了少尉伸出的右手。米歇爾、梅爾登，和其他人也都跟著做。

下尉喜形於色。

已經醉得站不穩的下士，搖搖晃晃走過去，一一檢查他們的牙齒。

「他媽的，讓我看看牙齒牢不牢固。誰都知道，士兵的門牙得健康才行，要不打仗時沒辦法把彈藥筒咬開，也就沒辦法朝選帝侯殿下的敵人開槍了——就像他被教導的，和他對軍隊的義務。」

大家的門牙都完好無缺。只有對安德魯西，下士還有些懷疑。

他用大拇指猛一按安德魯西的門牙，然後扯一下，結果就這樣發生了：安德魯西的兩顆門牙被他拔了下來。

「他媽的！你這渾球！打的是什麼主意？那副老太婆牙齒，也想當兵？給我滾，你這牙障，否則我不客氣了。」

安德魯西心平氣和。

「如果您允許的話，」他說，「那是我的牙齒，我想要回來。」

「你儘管留著自己用，拿去插在帽子上吧！」下士咆哮說。
「插在帽子上？」安德魯西像是沒聽懂似地回答說，「才不呢！」
他接過牙齒，在上面吐了一下口水，然後又把牙齒裝回原來的地方。
「現在比剛才更牢固了，大爺，您信不信？」
伙計們一副看好戲的樣子冷笑著。下士青筋暴脹，勃然大怒。但下尉掛念的是人頭錢，他不想放棄安德魯西，催促說：
「那就去拔拔看吧！」
下士雖然百般不願，但還是服從命令，去拔安德魯西的牙齒。但很奇怪，不管他怎麼按、怎麼搖，安德魯西的門牙這次動也不動，就算下士用他的菸斗管去摳也沒用。
「眞是邪門！」他氣喘喘地說，「這事眞是邪門！不過，反正我沒差。這個天花鼻能不能當兵，也不是我能決定的，這得大人您決定……。」
下尉抓抓後腦勺，也覺得這事很奇怪，「明天再說吧。明早出發前，再來訊問他一次。」然後下尉說他想睡覺了。
「好的，」彤大說，「我已經讓人幫您把床準備好了，這平常是我們師傅睡的。至於下士大人可以睡客房。但不知道二等兵大爺和鼓手大爺要睡哪呢？」

「這……這你不用操煩！」下士口齒不清地說，「他……們睡草鋪就可以了，這……對他……們來講夠好的了！」

隔早，下尉是在屋後一個裝滿甜菜根的箱子裡醒來；下士醒來的時候，是在豬飼料槽上。兩個人開始大吼大罵，伙計們趕緊過來，十二個全到，每個人都一副百思不解的樣子。

怎麼了？怎麼會呢？伙計們你一言我一語。昨晚我們可是把兩位大人很恰當地帶到睡床的。難道他們有夢遊症？這看起來像是夢遊，或至少看得出是喝得很醉。眞是幸運，他們夜裡在磨坊到處摸索打轉時，沒有撞得頭破血流、鼻青臉腫，或什麼更糟糕的。不過，有經驗的人都知道，小孩、傻瓜和酒鬼都有特別的幸運天使眷顧著。

「閉嘴！」下士呵斥。「滾到一邊，去準備好出發！還有你，天花鼻的，讓我看看你的牙齒！」

安德魯西的牙齒這次通過檢查，下尉也就理所當然決定他是合適的。

早餐後，招兵者和新兵們往兵團駐紮的卡門茨出發。下尉走在最前頭，然後依次是鼓手，再來是按順序排列的磨坊伙計、兩個下等兵，和隊伍最後面的下士。伙計們心情不錯，但其他同行的看起來卻不怎麼舒適。他們越走臉色就越蒼白，就越頻繁有其中這個或那個得跑進路旁的樹叢裡。克拉巴特和史達希柯走在伙計們最後面，聽到其中一個二等兵向另一個二等兵訴苦：

「老天，兄弟，我像是吃了十磅的漿糊，肚子不舒服到這種程度！」

克拉巴特和史達希柯交換了一個詭譎的眼色。「這是因爲把木屑當麵條、發霉的麵包當燻肉、菸草屑當馬郁蘭吃進去的結果！」克拉巴特心裡這麼說。

下午，下尉讓大家在樺樹林邊又休息一次。

「還有四分之一哩路就到卡門茨了，」他說，「誰得去方便一下，就趁現在趕快去，因爲這是最後一次。——下士！」

「是，大人？」

「叫那些傢伙把東西整理好，看著他們，別讓他們進了城後東倒西歪亂走一通，叫他們把腳步跟好，準確跟著鼓聲！」

休息了一會後，一隊人馬繼續前進，這次伴隨著鼓聲和吹號聲。

吹號聲？

原來是安德魯西右手放嘴邊，弄成一個喇叭口的形狀，正使勁地吹著瑞典步兵的進行曲。就算最出色的喇叭手用最好的小喇叭，恐怕也無法吹得更好。

其他的伙計看了很喜歡，也紛紛大聲奏起音樂：彤大、史達希柯和克拉巴特吹起長號；米歇爾、梅爾登和漢佐吹起次中音號；其他人有的吹小喇叭，有的吹大喇叭，尤洛則吹著大低音號。雖然他們都像安德魯西一樣，只是用手吹著，聽起來卻像一整團的瑞典皇家軍樂隊正行進著。

「住嘴！別吹了！」下尉想這麼喊；「混蛋！別吹了！」下士也想這樣咆哮，但不知為什麼，兩個人卻一個字也迸不出來，想揮舞手杖進去隊伍裡要他們安靜下來也辦不到。

兩人只能維持在他們的位置上，一個在最前頭一個在最後頭，和隊伍一起行進。這時什麼也幫不上忙，就算是咒罵或求助的祈禱也沒用。

在各種喇叭的樂聲中，他們進了卡門茨，沿途看到這種情況的市民和士兵，都覺得很好玩。小孩子跑過來高聲歡呼，群眾打開窗戶看，少女向他們揮手送飛吻。

在軍樂聲中和募兵軍官的護衛下，伙計們來到市政府廣場，在那裡繞了幾圈，四周很快圍滿了觀看的群眾。他們繼續演奏，直到薩克森選帝侯大人殿下的德勒斯登步兵團的上校，克里斯提安·雷柏瑞希特·佛希特高德·愛德勒·馮·蘭特夏登―普蒙爾斯多夫閣下被可恨的瑞典軍樂聲搞得惶恐不安而終於出現：一個上了年紀，在長年軍旅生涯中變得有些肥胖的老戰士。

蘭特夏登－普蒙爾斯多夫閣下在三個參謀校官和幾個傳令兵的跟隨下蹬蹬地走進廣場。雖然呈現在他眼前的愚蠢鬧劇，讓他憤怒得想用精挑細選的詞語破口大罵，但他卻一句話也說不出來。

因爲安德魯西一看到這位上校大人出現，就和他的同伴奏起瑞典騎兵隊的列隊進行曲。結果想當然，這位選帝侯勇猛的薩克森步兵老戰士氣得不知所以。而且這是一種比較適合騎馬小跑步的軍樂，不適合踏步行進，所以伙計和他們的護衛都蹦跳了起來，場景顯得很滑稽，除了在這位上校大人的眼裡不是這樣。

他氣得說不出話，像條落網的鯉魚那樣噗噗喘著，只能眼睜睜看著在卡門茨的市政府廣場上，十二個新兵隨著敵軍的騎兵進行曲，像騎著馬那樣蹦跳著。還有護衛他們的少尉，不知被什麼鬼打到，竟然跨著軍刀，像騎竹馬一樣，領頭在這些搗蛋鬼前面蹦蹦跳跳！在薩克森選帝侯的少尉軍官這種完全喪失身分的舉止下，他的那些部下放肆地跟著蹦跳，也就算不了什麼了。

「騎兵連，立正！」他們吹完進行曲後，彤大命令說。然後伙計們站在上校前面，揮舞帽子和他打招呼，冷笑地看著他。

蘭特夏登—普蒙爾斯多夫閣下走近他們，大聲咆哮了起來，像是十二個大鬍子下士同時那麼做一樣：

「你們是吃了什麼狗屎，你們這群該死的混蛋！竟然敢在光天化日之下、大庭廣眾之前，演出這種猴子跳舞的鬧劇！你們是誰，你們這群無賴，竟敢對我冷笑！我告訴你們，我，這個光榮的軍團，這個聲名遠播，歷經三十七場戰爭和一百五十九次小戰役的軍團的上校，我告訴你們，我會叫你們徹底改掉這種愚蠢的胡鬧。我要把你們交給執法官，讓你們嚐嚐刺槍的滋味，我……。」

「夠了！」彤大打斷他的話，「我想您可以省下您的執法官和刺槍。我們十二個，站在您面前這幾個，反正也不適合軍旅生活。像他那種蠢蛋，」彤大指著下尉，「還有像他那種無恥的人，」彤大指著下士，「或許可以在軍隊裡混得很好，如果沒被射死的話。我們，我的朋友和我，不是這種個性。我們不在乎您的廢話和什麼選帝侯大人，如果您願意的話，也可以轉告他！」

說完，十二個人變成烏鴉飛上天空，在廣場上頭呱呱叫地飛了一圈8字形，離開前在上校大人的帽子和肩膀上落下一些不怎麼適合聲名遠播的東西。

紀念

十月下半月，天氣又晴朗起來，暖和得像夏末一樣。伙計們想趁這幾天的好天氣，去運幾車泥炭回來。尤洛準備好牛車，史達希柯和克拉巴特把一些厚的、薄的木板和兩台手推車放進去。等彤大來了後，四個人於是出發。

泥炭場在科澤沼地上段黑水溪的另一岸。夏天最熱那段時間，克拉巴特已經在那裡幹過活，那時他不熟練地用著泥炭鏟和泥炭刀，幫忙米歇爾還有梅爾登，把油光黑亮的泥炭磚運出炭坑，堆放整齊。

秋陽高照，路邊的小水塘映著樺樹的倒影。小丘上的野草已經枯黃，歐石南花也早已凋謝。矮樹叢稀稀疏疏長著紅莓，像血滴似的這裡那裡。有時，晚季的蜘蛛網晶亮泛銀地懸掛在枝枒間。

克拉巴特想起小時候在歐崔西的歲月：在這樣的秋日，在樹林裡撿木柴和松果，有時在十月還能找到野菇，像乳菇、紅菇、蜜環菇等。

不知道這次能不能也找到野菇？畢竟天氣還夠暖和的……。

來到泥炭場的高度，尤洛停住牛車。「到了，卸下東西！」

他們在黑水溪的狹窄處放上厚木板，固定好，然後鋪上較薄的木板，一塊接一塊，做成一條長長的推車道，史達希柯在木板下橫墊著圓木頭，避免木板下彎或陷在泥沼處。但木板橋到泥炭場這段路，比他們估計的要長，尤洛說要回去拿些木板來，但史達希柯說不用。他折斷一根樺樹枝，步測一下推車道所需的長度，然後唸著咒語把樹枝打進木板裡。就這樣，木板開始往前伸長，一直通到泥炭場前。

克拉巴特看得大爲嘆服，簡直不敢相信自己的眼睛。「我想不通，」他大聲說，「既然我們得用手做的，都能用魔法做到，爲什麼我們還要工作！」

「是沒錯，」彤大說，「但是你想想，沒有工作的生活能挨多久，恐怕你很快就會厭倦，除非你願意墮落下去。」

在泥炭場邊邊有個木棚，裡頭是去年疊放那裡風乾的泥炭磚。他們一車一車把棚裡的泥炭磚推到牛車旁，然後尤洛再裝上車。裝滿後，尤洛坐上車，「哞！——」一聲，牛就慢條斯理地朝磨坊方向踱去。

在尤洛還沒回來這段時間，彤大、史達希柯、克拉巴特就把夏天剷的泥炭搬到木棚裡堆好。因爲不用趕時間，克拉巴特於是念頭一轉，問彤大和史達希柯，能不能允許他離開一下。

「去哪裡？」

「去採一下野菇。你們只要吹聲口哨，我馬上就回來。」

「好啊，如果你覺得找得到的話……。」彤大和史達希柯都同意。

「希望你能找到。」彤大說，「你有刀身長一點的刀子嗎？」

「有的話，我就會帶著了。」克拉巴特說。

「那我的先借你用。」彤大說，「拿去，別弄丟哦！」

他教克拉巴特怎麼一按，刀子就從刀把匣彈出來。刀面是污黑的，就像是彤大把它放在燭心上燻黑的一樣。

「來，你試試。」他把刀子合上，交給克拉巴特。「看你會不會用。」

克拉巴特把刀子彈出來時，刀面卻是乾淨發亮的。奇怪？……

「怎麼了？」史達希柯問。

「沒……什麼！」克拉巴特說，心想一定是自己看錯了。

「那就快去吧！」彤大催他，「要不野菇大人們聽到風聲，會溜之大吉！」

他們去了泥炭場四天，克拉巴特也去找了四次野菇。但什麼也沒找到，除了一些太老太硬的褐色樺菇。

「別太在意。」史達希柯說，「這個季節，月份已晚，別期望能找到什麼。除非你幫忙一下……。」

他唸了一段咒語，然後兩臂張開，轉了七次身子。忽然泥炭場上長出了差不多七十朵野菇，像鼴鼠一樣從地下冒出來，蕈帽挨著蕈帽，呈仙人圈的環狀排列，有：牛肝菇、紅帽菇、大球蓋菇、樺菇、褐絨蓋牛肝菇，一個個都新鮮飽滿。

「哇！」克拉巴特大吃一驚，「史達希柯，你一定得教我這個魔法。」

他拿出刀子，想衝過去把菇割下來。但還沒碰到之前，那些菇又乾癟皺縮地鑽回地裡去，快速俐落，好像被線拉下去一樣。

「等等！」克拉巴特大喊，「等等啊！」

但野菇都消失了。

「別太在意！」史達希柯又說了一次，「這樣變出來的菇，味道很苦，吃了只會壞肚子！去年我就差點這樣掛掉！」

第四天傍晚，裝滿最後一車的泥炭，史達希柯和尤洛駕著牛車回家。彤大和克拉巴特用走的，兩人挑了一條穿過沼澤地的捷徑。泥炭場和周遭的小池沼籠罩在霧中。走到「荒地」附近，兩腳總算踏上乾硬的土地，克拉巴特的心情才舒坦了起來。

現在兩人又可以並肩而行。這裡是磨坊伙計們避免來的地方，原因是什麼，克拉巴特並不了解。他想起自己逃跑的夢，裡頭不也有彤大出現嗎？不也就是在這外頭某處，他們埋葬了彤大？

但是，謝天謝地，彤大活生生走在他旁邊。

「克拉巴特，我想送你一樣東西作紀念。」彤大說，從口袋掏出那把折刀。

「你要離開我們？」克拉巴特問。

「也許。」

「可是師傅呢？我不相信他會讓你走！」

「有時有些事會發生，是讓人想不到的。」

「你不能這麼講！」克拉巴特大聲說，「看在我的份上留下來！我不敢想像，沒有你，自己在磨坊該怎麼辦！」

「克拉巴特，」彤大說，「生命中，有些事是你我無法想像的，我們只能面對它。」

「荒地」是個空曠的四方形場地，差不多就一個打穀場那麼大，旁邊長滿彎曲的赤松。暮色中，克拉巴特隱約看到一排平坦、略呈長形的土堆，像是一些墳墓，在荒廢的墓園裡，長滿石南，沒人照顧，沒有十字架，也沒有石碑。這些會是誰的墓？

彤大停住腳步。

「拿去吧！」他說，把刀子遞給克拉巴特。克拉巴特明白，自己不能拒絕。

「這刀有個奇特的地方，這點你得知道。」彤大說，「如果你有危險時，非常危險時，你一打開刀子，刀身就會變色。」

「會變成……黑色嗎？」克拉巴特問。

「對，」彤大說，「就像你把它放在燭心上一樣。」

沒有牧師也沒有十字架

絢麗的秋日之後是早冬的來臨。萬聖節過後兩個星期，雪又覆蓋大地，終於秋盡冬來。克拉巴特又得除雪，讓磨坊的道路暢通。但下個新月夜，教父還是駕車橫越積雪的草地奔馳而來，沒有陷住也沒有留下任何車痕。

冬天對克拉巴特來講還好，何況下雪時也不特別冷。但磨坊伙計們的心情卻似乎很受影響，隨著時間一星期一星期過去，他們顯得越來越暴躁，越接近年尾，就越難跟他們相處。他們敏感得像剛生下的雞蛋，易怒得像容易激動的火雞。只要一點小事就會吵起來，連安德魯西也不例外。

克拉巴特就嚐到了滋味。他因爲手癢想丟個雪球，就好玩地朝安德魯西的帽子丟了一個，結果安德魯西馬上衝過來要打，還好彤大趕緊擋住，否則克拉巴特一定會被他痛打一頓。

「眞是的！」安德魯西罵說，「下巴才長了點小鬚，乳臭未乾，就這麼放肆！等著吧，下次讓你好看，你就會知道要乖乖的。」

彤大跟其他人不一樣，還是像以前那樣平靜友善，只是克拉巴特覺得他比以前多了點哀傷，雖然他設法不讓自己看起來那樣。

「或許思念著那個女孩吧。」克拉巴特這麼猜測，卻不由自主也想到那個領唱的女孩，雖然他並不願意這麼做。已經很久沒想到她了，他覺得最好是能忘記，但要怎麼做到呢？

聖誕節到來，對伙計們來說就像平常一樣。他們悶悶不樂、無精打采地工作。克拉巴特想給大家打氣一下，他到林子裡拿了幾根冷杉枝條裝飾一下桌子。伙計們進來吃飯時，看了非常生氣。

「這是幹嘛？」史達希柯嚷嚷說，「把這爛東西拿走！拿走！」

「拿走！」一堆人都大聲說，連米歇爾和梅爾登也罵了起來。

「誰把這東西拿進來，」奇托說，「就該把這東西再拿出去！」

「而且要快，」漢佐威脅說，「要不我把他的牙齒全打掉！」

克拉巴特想解釋一下，平息他們的怒火。但裴塔爾不讓他有機會說。

「拿走！」裴塔爾堵住他的話，「還是你欠揍！」

克拉巴特只好順從他們，但心裡卻很生氣，眞是見了鬼，又做錯什麼?!還是自己把這件偶發的事情，看得太嚴重了？磨坊裡最近不也老是因爲一點小事就發生衝突吵來吵去。何況他在這裡是學徒，當學徒有時就得忍受。只是奇怪的是，之前他都沒感受到這些，直到最近入冬之後，他們才老是找他的碴。難道接下來的這段學徒期間會繼續這樣——此後整整兩年？

克拉巴特找了機會問彤大：「他們到底怎麼了？」

「他們害怕。」彤大說，眼神轉向一旁。

「怕什麼？」克拉巴特想知道。

「我不能談這件事，你很快就會知道的。」

「你呢？」克拉巴特問，「你不害怕嗎？」

「比你想像的怕得多。」彤大聳肩說。

除夕那晚，他們比平常更早上床。磨坊師傅一整天都沒見到人。也許他一直待在黑色小房間裡頭，就像他有時那樣。或是駕著馬拉的雪橇到外地去了。總之，沒人想著他，沒人談起他。

晚飯後，伙計們一言不發躺上床。「晚安！」克拉巴特像每晚一樣這麼說，因爲這也是學徒該做的。

但今晚伙計們似乎對這句話很反感。「閉嘴！」裴塔爾吼說，而呂希克拿起鞋子往克拉巴特丟。

「噢！」克拉巴特叫了一聲，坐了起來。「別激動好嗎？說個晚安總可以吧！……」

第二隻鞋子飛過來，從他肩膀擦過。第三隻被彤大接住。

「別煩那小孩了！」彤大要求說。「這個晚上也會過去的。」

然後他走到克拉巴特身邊。

「躺下吧，孩子，別再說話了。」

克拉巴特順從地躺下，順從地讓彤大幫他蓋好被子，讓彤大把手放他的額頭上。

「現在睡吧，克拉巴特，祝你有個好新年！」

平常克拉巴特都會一覺睡到天亮，除非中間有人叫醒他。但今晚，夜半時分左右，他卻自己醒了過來。他覺得奇怪，燈點著，伙計們也醒著，所有伙計，就他看到的。

他們躺在床上，似乎在等著什麼。似乎不敢呼吸也不敢動。

屋子裡死寂無聲，如此安靜，克拉巴特覺得自己變成了聾子。

但他沒有聾，因爲他突然聽到驚叫聲和走廊「砰」的一聲，還有伙計們的嘆息聲：一半是驚恐，一半是解脫。

發生了什麼不幸的事嗎？

是誰？那種臨死的痛苦喊叫！

克拉巴特沒多思考，跳起來，衝過去，想打開門跑到樓下看個究竟。

但門從外頭閂住了，任他怎麼搖晃也打不開。

有人摟住他的肩膀和他說話，是尤洛，那個傻尤洛，克拉巴特聽得出是他的聲音。

「來，」尤洛說，「去躺著吧！」

「可是那叫聲……！」克拉巴特喘吁吁地說，「剛才的叫聲！」

「你以爲我們沒聽到嗎？」尤洛說。然後把克拉巴特帶回床邊。

伙計們坐在床上，一言不發看著克拉巴特。不，不是克拉巴特！

而是往克拉巴特旁邊看過去，看著彤大的床位。

「彤大……不在嗎？」克拉巴特問。

「不在。」尤洛說，「躺下去吧，試著睡著。別哭，聽到嗎？哭也挽回不了什麼。」

新年早晨，他們看到彤大。臉朝下趴在樓梯口。伙計們似乎並不訝異，只有克拉巴特無法相信彤大已經死了。他哭著撲到他身上，呼叫他的名字，哀求著：

「你說說話啊，彤大，你說說話啊！」

他抓著彤大的手，昨晚臨睡前額頭還感覺到那種溫暖，現在卻是冰冷僵硬，變得如此陌生如此奇怪。

「起來，」米歐爾說，「我們不能讓他老這樣躺在地上。」

他和堂弟梅爾登把屍體搬進雇工房，放在一塊木板上。

「怎麼會這樣？」克拉巴特問。

米歐爾不知該怎麼回答，結結巴巴地說：「他……摔死了。」

「那麼，一定是在黑暗中，不小心從樓梯摔下去……。」

「也許是吧。」米歐爾說。

他把彤大的眼睛闔上，把尤洛拿來的一束麥草塞進彤大脖子底下。

彤大的臉很蒼白。「像蠟一樣。」克拉巴特心想，眼淚不禁又流了下來。安德魯西和史達希柯把他帶回閣樓。

「待這裡吧。」他們說，「我們在樓下只會礙手礙腳。」

克拉巴特坐在床邊，問說會怎麼處理彤大的屍體？

「就像剛才那樣。」安德魯西說，「尤洛會幫他弄好，這種事他不是第一次做了。然後我們把他埋葬。」

「什麼時候？」

「我想是今天下午吧。」

「師傅呢？」

「我們不需要他！」史達希柯恨恨地說。

下午，他們把放進松木棺材裡的彤大運出磨坊，到科澤沼地的「荒地」。墓已經挖好，墓穴四壁一層冰，白雪覆蓋著挖出來的土。

他們直接了當，匆匆埋葬了屍體。沒有牧師也沒有十字架，沒有蠟燭也沒有聖歌。沒有在墓邊多停留任何一刻。

只有克拉巴特沒走。

他想爲彤大唸主禱文，但卻記不得，一次又一次從頭開始，卻怎麼也湊不攏，用索布語不行，用德語更不行。

第二年

他知道，無論如何是該回到火堆旁了。

但那少女的眼睛，那睫毛花圈圍住的明亮眼睛，

卻牽絆著他，讓他再也離開不了。

她的歌聲聽起來如此遙遠……

磨坊行規和習俗

接下來幾天，師傅都不在，磨坊也停工。伙計們在床上閒待著，或蹲坐暖爐邊取暖。他們吃得很少也說得不多，特別是彤大的死，談都不談，就像是科澤沼地的磨坊從來沒有一個叫彤大的伙計頭。

在彤大的床尾，他的衣物整齊疊放著：褲子、襯衫、工作服、腰帶、圍兜，最上面是帽子。新年那晚，尤洛把這些東西拿上來，伙計們想辦法當作視而不見。克拉巴特很傷心，覺得自己被上帝遺棄，很不幸很可憐。彤大的死，不可能是意外，他越想到這事，心裡就越明白，一定有什麼他不知道的蹊蹺，是磨坊伙計們不告訴他的。到底是什麼祕密？彤大那時爲什麼沒向他吐露實情？

一個接一個疑問，湧上他心頭。他覺得很煩躁，要是有點什麼事可做也好些，這樣閒坐著眞讓他受不了。

這幾天只有尤洛像平常一樣忙。他生爐火、煮飯，把三餐按時準備好，雖然大部分的食物都被伙計們留在碗盤裡。第四天早晨，尤洛在走廊碰到克拉巴特。

「能幫我一個忙嗎，克拉巴特？幫我削一些生火的木片。」

「好。」克拉巴特說，跟著他進了廚房。爐灶旁已經放著一捆松木，等著削成薄片。尤洛想從櫃子裡拿把刀子給他，但克拉巴特說他自己有刀子。

「那更好！那就動手吧。小心別削到你自己！」

克拉巴特開始工作。彤大的刀子似乎散發出一種活生生的力量。他沉思地把刀子放手裡掂著。從新年晚上以來，他第一次又有了勇氣，又有了信心。

尤洛悄悄地走到他旁邊，低頭看著他。

「你的刀子，」尤洛說，「看起來是很好的刀子……。」

「是個紀念物。」克拉巴特說。

「那八成是個女孩送你的囉？」

「不是，」克拉巴特說，「是個男的送的，這樣的朋友，這個世界不可能再有了。」

「你確定？」尤洛問。

「我確定。」克拉巴特說，「現在這樣，以後也這樣。」

埋葬了彤大的隔天早上，磨坊伙計們達成協議，漢佐應該當伙計頭，而他也同意。磨坊師傅直到主顯節前夕才回來。伙計們已經躺在床上，克拉巴特正想把燈吹熄，閣樓的門忽然打開，磨坊師傅站在門邊，臉色非常蒼白，像是抹了石灰一樣。他看了一圈，好像沒注意到彤大不見了，至少他沒表現出來。

「工作去！」他命令說。然後就離開，一整晚都沒再出現。

伙計們一下子又有了生氣。他們掀開被子，跳起來，匆忙穿上衣服。

「快！」漢佐催促大家，「要不師傅會不耐煩，你們也知道！」

裴塔爾和史達希柯跑到磨坊水塘，打開閘門。其他人衝衝撞撞跑進碾磨房，把穀粒倒進槽裡，讓碾磨機運轉起來。等碾磨機嘎嘎、咚咚、使勁地轟隆響後，伙計們才鬆了一口氣。

「又開始碾磨了！」克拉巴特心想，「時光又繼續往前……。」

午夜時分，工作結束。他們回到閣樓，看到原本屬於彤大的床褥，現在有人躺著：一個蒼白瘦小、肩膀細削、紅頭髮的小伙子。他們圍著他，刺眼的亮光使他醒來，就像一年前克拉巴特那樣。紅頭髮的小伙子看到十一個「幽靈」站在床邊，也像克拉巴特當初那樣，嚇了一大跳。

「別怕！」米歐爾說，「我們是這裡磨坊的伙計，你不用怕我們。你叫什麼名字？」

「維克。……你呢？」

「我是米歐爾。……這是漢佐，我們的伙計頭。這是我堂弟梅爾登。這是尤洛……。」

隔早，維克來吃早餐時，穿著彤大的衣服。非常合身，像是爲他訂做的。他似乎沒多想，也沒問衣服原本是誰的。這樣也好，這樣比較不會讓克拉巴特難過。

這晚，新學徒因爲白天在麵粉房累得要死不活，已經先上床睡覺。磨坊師傅把伙計們和克拉巴特叫去他房間。他穿著黑色大衣，坐在他的太師椅，桌前兩根燃著的蠟燭，中間擺著一把短柄的小斧頭，還有他的黑色的三角帽。

「我叫你們來，」他對著集合在房裡的伙計們說，「是按照磨坊的行規。你們中間有個學徒嗎？站出來！」

克拉巴特一時沒意會到是在說他，裴塔爾用肘撞一下他側身，他才明白過來，站了出去。

「你的名字！」

「克拉巴特。」

「有誰作保？」

「我。」漢佐說，站到克拉巴特旁邊。「我為這個小伙子和他的名字作保。」

「一個不算。」磨坊師傅說。

「是的，」米歇爾大聲說，同時站到克拉巴特的另一邊。「但兩個是一對，有一對作證就可以，所以我也擔保這個小伙子和他的名字。」

然後師傅和站在克拉巴特旁邊的這兩個伙計展開一問一答，按照一定的形式和規定。磨坊師傅問他們，學徒克拉巴特是否學了磨坊手藝？在哪裡、什麼時候學的？然後他們向他保證，這個學徒充分學會了所有的磨坊手藝。

「你們可以向我保證？」

「我們保證！」漢佐和米歇爾說。

「那好，那我們按照磨坊的行規和習俗，宣布克拉巴特這個學徒學滿出師！」

學滿出師？克拉巴特不敢相信自己的耳朵。難道他的學徒時期已經結束了？這時候，才剛滿一年？

磨坊師傅站起來，戴上他的三角帽，拿起斧頭，走向克拉巴特，用斧刃輕觸他的頭頂和肩膀，大聲說：

「以行會之名，克拉巴特！我，你的師傅和磨坊主，當著聚集在此的伙計們面前，宣布解除你至今爲止的學徒身分。從現在起，你是伙計裡頭的一個，按照磨坊習俗受到伙計的待遇。」他把斧頭放進克拉巴特手裡——這是學滿出師的伙計的特權，可以把斧頭插在腰帶裡。然後磨坊師傅讓他和其他伙計離開。

克拉巴特很訝異，腦袋裡一片混亂，完全沒想到會是這樣。他最後離開房間，把門帶上。忽然一個麵粉袋罩住他腦袋，然後有人抓住他手臂，有人抓住他的腿。

「把他抬到碾磨房！」

喊的人是安德魯西。克拉巴特揮手蹬腳想掙脫，但沒有用！他們又笑又鬧地把克拉巴特抬進碾磨房，丟在麵粉箱上，七手八手把他揉來揉去。「這小子剛才還是個學徒！」安德魯西喊說，「兄弟們，現在把他放進石磨裡碾一碾，要當磨坊伙計就得『脫皮去殼』，不能有瑕疵！」

他們像揉麵團一樣把克拉巴特揉來揉去，把他在麵粉箱上滾來滾去，弄得他頭暈腦脹；他們用拳頭敲他、打他，其中一個死命在他腦袋捅了好幾下，漢佐趕緊阻止說：

「住手，呂希克！我們是要磨好他，可不是要打死他！」

他們停手後，克拉巴特覺得自己眞的像是在碾磨機裡碾過一樣。裴塔爾把麵粉袋拿下來，史達希柯抓了滿滿一把麵粉撒在他頭上。

「他徹底磨過了！」安德魯西宣布說。「兄弟們，謝謝謝謝！他現在是個出色、不會讓我們丟臉的好伙計了。」

「拋起來！」和安德魯西一起帶頭鬧的裴塔爾和史達希柯喊說，「把他拋起來。」克拉巴特的手腳又被抓住，伙計們把他往上拋得高高的再接住，這樣拋了三次。然後尤洛到地窖拿葡萄酒來。大家向克拉巴特敬酒，他也一一回敬。

「我敬你，兄弟，祝身體健康！」

「身體健康，兄弟！」

其他人繼續喝著酒時，克拉巴特坐到旁邊一疊空麵粉袋上。他的頭痛得很厲害，同時一片混亂，這也難怪，在經歷了今晚這些事情後。

過一會，米歇爾坐到他旁邊。

「看來你好像有些事搞不清楚。」

「沒錯，」克拉巴特說，「爲什麼師傅會讓我學滿出師呢？我的學徒時期已經結束了嗎？」

「磨坊的第一年等於三年。」米歐爾說，「你得知道，你已經比剛來的時候大一些了，克拉巴特，你整整大了三歲。」

「怎麼可能！」

「當然可能！」米歐爾說，「在這磨坊，很多事都是可能的，這點你現在應該也知道了。」

暖冬

就像來的時候那樣，這個冬天多雪而溫暖。閘門前、攔水堤旁、導水渠裡的冰，今年要鑿的並不多。他們不用太費力，很快就能把冰敲掉，而有時隔了三、四天都沒再結冰。相對地，今年雪卻下得又多又頻繁，對那個新來的學徒而言是個苦惱，他得一直剷雪。

克拉巴特看著這個維克——乾瘦，像他當時，還流著鼻涕——他心想，米歇爾說的「三年」一定沒錯，自己眞的是已經大了三歲。這點他其實早該從自己的身上知道：他的聲音、他的體格、他的力氣，還有他的下巴和臉腮從入冬以來長出了一些細鬚，雖然看得不是很清楚，但用手去摸時，卻明顯感覺得到。

這幾個禮拜來，他常想起彤大，很思念他，卻不能去他墓前探望，他覺得很難受。他試了兩次要去那裡，但都沒走多遠就不得不半途而廢：科澤沼地一帶積雪太厚，他走了幾百步後，就陷住了。他決定找機會再試第三次，不過，在那之前他倒是先作了一個夢。

是春天，冬雪已被暖風融化。克拉巴特走在科澤沼地裡，是白天也是晚上，月亮高掛天空，太陽照耀著。他快到達「荒地」，忽然看到霧中有個人影朝他走來。不，是走開。他相信那是彤大。

「彤大！」他大聲喊，「等一下！是我，克拉巴特！」

人影彷彿猶豫停頓了一下，但克拉巴特繼續往前走時，那人影也走開。

「別走，彤大！」

克拉巴特用跑的，使盡全力跑，距離越來越近。

「彤大！」他喊。

只差幾步了。忽然前頭是一道深溝，又寬又深的溝，沒有橋可以過去，附近也沒有什麼木板可以利用。

彤大站在對面，背朝著他。

「你爲什麼躲開我，彤大？」

「我沒有躲開你。你應當知道，我是在此岸，而你得待在彼岸。」

「至少把臉轉過來看著我！」

「我不能回頭看，克拉巴特，這是不允許的。但我聽得到，也會回答你的問題，三個問題。問吧，看你想問什麼。」

想問什麼？克拉巴特不用多想。

「你的死，是誰的過錯？」

「最主要是我自己。」

「那還有誰呢？」

「你會知道的，克拉巴特，如果你眼睛張大一點的話。好，最後一個問題。」

克拉巴特思考著。還有很多問題他想問……。

「我很孤單，」他說，「你離開後，我就沒有朋友了。誰是我可以信任的，能不能給我一個建議？」

彤大還是沒有回頭看他。

「回去吧。」他說，「你碰到的第一個叫你名字的人，那人可以信任。還有一件事，我走之前最後一件事！來我的墳墓探望並不重要，重要的是我知道你有想著我。」

彤大緩緩舉起他的手道別，然後沒入霧中，沒有回頭，就這樣消失。

「彤大！」克拉巴特喊，「別走，彤大！別離開我！」

他從心靈的最深處呼喊著……。忽然聽到有人叫「克拉巴特！」，「醒醒，克拉巴特，醒醒！」

米歇爾和尤洛站在克拉巴特床前，彎身看著他。克拉巴特搞不清楚自己是在夢中，還是已經醒了？「誰叫我？」他問。

「我們。」尤洛說，「你眞該聽聽你自己作夢是怎麼叫的！」

「我？」

「是啊，叫得很悽慘。」米歇爾握著他的手。「你是不是發燒了？」

「沒有，」克拉巴特說，「我只是……作了一個夢。」然後又趕緊問：「你們是誰先叫我名字的？告訴我，我得知道！」

米歇爾和尤洛不知道該怎麼回答，他們沒注意到這點。

「下次吧，」尤洛說，「下次我們會數釦子決定誰應該叫醒你，這樣就不會搞不清楚了。」

對克拉巴特來說很清楚，先叫他的一定是米歇爾。尤洛當然是個很老實、很善良的人，但卻是個傻子。彤大在夢中講的人一定是米歇爾。

此後，克拉巴特有什麼問題，就會去找米歇爾。而米歇爾也沒讓他失望，總是樂意回答。只有一次，當克拉巴特談到彤大的事，他避重就輕不想談。

「人死了就死了，」米歇爾說，「再去談他們也活不過來了。」

米歇爾在某些地方和彤大很像。克拉巴特猜想，他悄悄幫著那個新來的學徒，因爲克拉巴特看到他有時站在維克旁邊和他說話，就像彤大去年冬天有時和自己說話時，幫幫自己一樣。

還有尤洛也以他的方式照顧那個新學徒，總是要那小孩多吃一點：「儘管吃吧，小伙子，能吃儘管吃，讓自己高高壯壯，兩脅長肉！」

聖燭節（二月二日）過後的那星期，他們開始森林裡的工作。六個人，包括克拉巴特，得把去年砍下來堆放林子裡的木頭運回磨坊。因爲雪積得高，工作並不容易。光是清除通往堆木場路上的積雪，就花了他們整整一個禮拜，這還是有非常賣力工作的米歇爾和梅爾登一起。

安德魯西並不怎麼欣賞這樣的勤快，爲了讓自己暖暖和和的，他只做最必要的。

「工作得凍著的人，是個笨蛋；」他說，「而工作得滿身大汗的人，是個大笨蛋。」

二月這幾天的中午很暖和，林子裡的雪水把他們的靴子都弄濕。晚上回去後，他們得替靴子上很多油，再用大拇指下頭的肌肉把油脂搓勻、搓進去，這樣靴子才會柔軟有彈性，否則靴子掛在爐子上烘乾一晚上後，會硬得像石頭。

每個人都自己做這麻煩的工作，只有呂希克自己不動手，卻要維克替他做。米歐爾知道這件事後，當著大家的面質問他。

但呂希克並不在乎。

「又有什麼關係？」他不當一回事地說，「靴子濕了，而學徒就是要工作的嘛！」

「可不是替你工作！」米歐爾說。

「是哦！」呂希克反駁說，「你眞會管閒事！你是這裡的伙計頭嗎？」

「不是。」米歐爾承認說，「不過我想漢佐不會反對我跟你說，以後靴子上油的工作，你應該自己做，要不你會吃不完兜著走，到時誰也別怪我沒警告你！」

但很快就吃不完兜著走的，不是呂希克。

星期五晚上，伙計們又變成烏鴉棲在桿子上。磨坊師傅說他聽說有人違反規定，偷偷幫那個新學徒，讓他工作變得輕鬆。這是得處罰的。然後他轉向米歇爾。

「你爲什麼幫那個新學徒？說！」

「因爲我同情他，師傅。因爲你要求他做的工作，對他來講太重了。」

「你覺得這樣？」

「是的。」米歇爾說。

「那好，現在給我好好聽著！」

磨坊師傅從座位上一躍而起，兩手撐著魔法書，上身往前直傾出去。

「我要誰做什麼或不做什麼，干你屁事！你忘了嗎？我是師傅。我決定的，我說了算，就是這樣！我要給你一個教訓，讓你一輩子都記得！其他人出去！」

磨坊師傅把其他人趕出房間，閂上門。

伙計們惶惶恐恐地快步走回睡房。接下來半個晚上，他們一直聽到恐怖的尖叫聲和呱呱聲。最後，看到米歇爾搖搖晃晃走上閣樓樓梯，臉色蒼白、六神無主。

「他把你怎麼了？」梅爾登問。

米歇爾有氣無力地擺一下手。

「讓我休息一下，拜託！」

伙計們用肚臍想也知道，是誰去向磨坊師傅告狀的。

隔天他們在麵粉房商量，決定要給呂希克好看。

「今晚我們把他拉下床，痛扁他一頓！」安德魯西說。

「每個人拿一把棍子！」梅爾登大聲說。

「然後，」漢佐憤怒地說，「再把他的頭髮剃掉，把靴子油塗在他臉上，然後再倒上煤灰！」

米歇爾坐在角落，一言不發。

「你也說說話啊！」史達希柯說，「你可是那個被出賣的人！」

「好，」米歇爾說，「我也說說我的意見。」

他等大家安靜下來，然後開始說，語氣平靜，就像彤大也會做的那樣。

「呂希克做的是一件卑鄙的事。」他說，「但是你們想做的，也好不到哪裡。氣頭上沒有好話，也罷。但現在你們已經發洩過怒氣了，這樣就行了。別做什麼讓我替你們感到丟臉的事。」

奧古斯特萬歲！

他們沒有痛扁呂希克，但接下來這段時間都不理他。沒人跟他說話，也沒人回答他的問題。尤洛把他的粥和湯放在另外的碗給他，「因爲你不能期望別人和一個無賴共用一個大碗公。」尤洛說。而克拉巴特覺得這樣沒錯，到師傅那邊說同伴壞話的人，就應該感受感受同伴對他的不屑。

新月夜，教父載著他要碾磨的東西來時，磨坊師傅得一起工作。他非常賣力，像是要讓伙計們看看，什麼叫做幹勁十足；還是，他主要是爲了做給教父看的？

這個冬末，磨坊師傅常出門，時而騎馬，時而雪橇。伙計們並沒去多想，是什麼事情讓他得這樣？反正跟他們無關的，他們也不需要知道；而他們不知道的，也就無關痛癢。

聖約瑟日（三月十九日）前後的一個晚上，雪已經融了，雨下得很大，伙計們很高興自己能坐在屋裡，不用在這種鬼天氣的時候在外頭工作。但磨坊師傅卻突然說他有重要的事得出門，需要馬車，而且要快！

克拉巴特幫忙裴塔爾把兩匹栗馬套好，做完後，克拉巴特抓住右馬的轡繩，發出「噓！」的聲音哄著馬。

裴塔爾跑進去報告師傅馬車準備好了時，克拉巴特把馬和車子牽到屋前空地。雨下得大，他頭上披了一條粗毛毯，也細心地爲磨坊師傅準備了幾條，因爲這是一輛輕便馬車，只有正面有個敞開的門。

師傅走在提著風燈的裴塔爾前頭，踏著沉重的腳步走來。他身穿一件大披風，頭戴那頂黑色三角帽，長靴上的馬刺噹啷作響，披風下一把劍晃動著。

「眞是瘋了！」磨坊師傅坐好後，克拉巴特心裡這麼想，「一定要在這種鬼天氣出門嗎？」

裹好毯子後，磨坊師傅隨口問了一句：

「要一起去嗎？」

「我？」

「因爲你想知道我爲什麼要出門。」

雖然討厭這樣的雨，克拉巴特還是忍不住自己的好奇，於是上了馬車，坐到師傅旁邊。

「好，看看你會不會駕馬車！」磨坊師傅把鞭子和韁繩遞給他。「我們得在一個小時趕到德勒斯登！」

「德勒斯登？一個小時？」克拉巴特以爲自己聽錯了。

「出發吧！」

馬車在林子裡叩隆叩隆顛簸前進。周遭一片漆黑，他們像是穿行在爐管子裡頭一樣。

「再快點！」磨坊師傅催促說，「你不能再快點嗎！」

「我們會翻車的，師傅……。」

「胡說八道！拿來！」

磨坊師傅自己駕起馬車。急駛如風，穿林而出，奔馳在通往卡門茨的馬路上。克拉巴特撐緊身體坐著，鞋底得抵住腳下的板子。雨拍打在他臉上，迎面刮來的風幾乎要把他吹走。

起了霧，他們飛奔而進，成團的霧氣籠罩著他們。沒多久，兩人的頭露出霧面，霧越降越低，最後只有馬蹄仍在霧中奔騰。

雨停，月光照耀，霧靄籠罩地面，銀白的一大片，像雪一樣。沒有噠噠的馬蹄聲，沒有咕轆咕轆的車輪聲。難道他們是飛駛在草地上？車身的搖晃顛簸也好陣子沒有了。克拉巴特覺得馬車像是奔馳在地毯上、雪上、絨毛上。栗馬美妙地飛奔，輕快柔和。如此的月光下，驅車在遼闊的荒野，眞是快活。

忽然猛地一震，馬車嘎啦嘎啦似乎要四分五裂！是撞到枯樹幹？還是卡到路緣石？如果車轅斷了，也許一個輪子？……

「我下去看看！」克拉巴特說，一隻腳已經踩著踏板。磨坊師傅把他拉回來，「坐著！」然後指著下面。

霧已經散開。

克拉巴特不敢相信自己的眼睛。底下深處是一道屋脊和一座墓園。月光下，可看到陰影拖曳的墳墓和十字架。

「我們卡到卡門茨教堂的塔樓頂。」磨坊師傅說。「注意，別從馬車跌下去！」

他拉扯韁繩，揮舞鞭子。

「往前！」

猛地一震，馬車又飄浮起來。他們繼續出發，不再有意外，快速無聲地穿越天空，在映著月光的白雲上。

「而我，」克拉巴特心想，「笨得以爲那是霧……。」

磨坊師傅和克拉巴特抵達德勒斯登時，宮廷教堂的鐘敲九點半。馬車喀啦喀啦停在宮殿前鋪著石頭的廣場。一個馬夫跑過來，抓住韁繩。

「像平常一樣，大爺？」

「廢話！」

磨坊師傅丟給他一枚錢幣。跳下馬車，要克拉巴特跟他進宮殿。兩人快步走上通往大門的露天台階。上頭有個軍官擋住他們，個子高高，絲質的寬綬帶，勳章映著月光閃閃發亮。

「口令？」

磨坊師傅沒回答，把他推到一旁。軍官伸手想抽出劍來，但磨坊師傅一個響指就把他定住。高個子的軍官呆直地站著，眼睛瞪大，右手握著劍柄。

「走！」磨坊師傅說，「這傢伙一定是新來的！」

他們急步走上宮內的大理石階梯，經過幾個走廊、廳堂，沿著鏡壁往前走，經過掛著大而厚實、金色圖案窗簾的窗子。途中遇到的房衛和僕從，看來都認識磨坊師傅。沒人攔住他，沒人擋下他們問話。每個人都站到一旁，彎身施禮，讓他和克拉巴特過去。

從進了宮殿後，克拉巴特覺得像是置身夢中。那種奢華、那種耀眼的富麗堂皇，讓他大爲嘆服，也讓他覺得自己穿著磨坊工作服，眞是無法形容的衣衫襤褸。

「那些僕人會不會在嘲笑我？」他心想，「那些房衛有沒有在背後對我嗤之以鼻？」

他心裡七上八下，差點絆了一跤。到底是什麼東西？一看，是把鈍劍絆了他的腳……。去他的，是誰的劍！他看到旁邊的鏡子，嚇呆了，眞是不可思議，他竟然穿著一件黑色、銀釦的軍服，高統靴，而且千眞萬確，繫著一條劍帶，腰佩鈍劍！他頭上的是三角帽？什麼時候他開始戴起假髮，髮上敷了白粉，髮際還有個髮套？

「師傅！」他想喊他，問這是怎麼回事？

但已經來不及，他們忽然來到一個燭火通明的前廳，裡頭站著一些大人先生：上尉、上校、宮廷官員，又是勳章又是綬帶。

一個侍從官走過來。

「您終於來了！選帝侯等著您呢！」然後指著克拉巴特，「您不是一個人來？」

「我手下的一個貴族子弟。」磨坊師傅說，「他可以在這裡等著。」

侍從官招呼一個上尉過來。「您招待一下這位少爺！」

上尉拉著他的袖子，帶他坐在凸窗邊的小桌。

「葡萄酒還是巧克力？」

克拉巴特要了一杯紅酒。他和上尉舉杯時，磨坊師傅入內謁見選帝侯。

「希望他這次能成功。」上尉說。

「什麼？」克拉巴特問。

「您知道的，少爺！您的爺不是好幾個禮拜以來一直在設法說服殿下，說那些敦促他和瑞典停戰、締結和約的顧問，全是笨蛋，應該把他們趕走。」

「是啊是啊！」克拉巴特趕緊說，雖然他完全不知道這件事。

周遭的軍官笑了起來，向他舉杯。

「爲這場和瑞典的戰爭乾杯！」他們高喊。「願選帝侯決定繼續戰下去！爲勝利或戰敗乾杯！無論如何他得和瑞典人戰下去！」

午夜左右，磨坊師傅回來。選帝侯送他出來到前廳門口。「我們感謝您！」選帝侯說，「您的意見對我們很珍貴，這您知道，雖然費了一段時間我們才了解，您說的原因和論點不容忽視。現在已經決定了，戰爭將繼續下去！」

在前廳的那些文武官員發出一陣好戰的喧嘩，揮舞著帽子。

「奧古斯特萬歲！」他們喊，「榮耀和名譽歸於選帝侯，死亡屬於瑞典人！」

薩克森選帝侯，一個肥胖、多肉的大塊頭，有著打鐵匠的腰身和水手也會引以爲傲的大拳頭，舉手向他們答謝。然後他轉向磨坊師傅，跟他說了一、兩句話，在大廳的喧鬧中，沒有其他人能了解他說什麼，不過這原本顯然也不是要說給大家聽的。然後選帝侯讓磨坊師傅離去。

離開大廳的那些文武官員，克拉巴特跟著磨坊師傅，順著進來時的路走出去：經過大窗、鏡壁，穿過大廳、走廊，走下大理石階梯到大門，然後出去到露天台階，那個高個子軍官仍站在那裡，眼睛張大，右手握劍柄，呆滯僵硬像個玩具錫兵一樣。

「克拉巴特，放他走！」磨坊師傅說。

對克拉巴特來講很簡單，只要打個響指，就像他在魔法學校裡學到的。

「走開！」他命令，「向右——轉！」

軍官拔出劍來，用明亮的劍身行個軍禮，然後就像命令的那樣往右轉，踏步而去。

馬車已經準備好，停在王宮前廣場。

馬夫說他餵了那兩匹栗馬。

「是該這麼做！」磨坊師傅說。

兩人上了馬車，克拉巴特這時才注意到，他又恢復原來的裝扮。這樣好，要不他穿軍服、佩劍、戴三角帽，能在磨坊幹嘛？

馬車叩隆叩隆駛過易北河的石橋，出了城到河對岸的小坡上，磨坊師傅把馬車駕到空曠處。

在這裡，馬車又騰空升起，飛奔而去。

月已西沉，眼看就要沒入遠方天際。克拉巴特沉思默想，望著底下他們飛越過的村落城鎮、田野山林、湖泊河川，還有荒原的沼澤地和淺砂坑。平和的大地，黑暗寧靜。

「你在想什麼？」磨坊師傅問。

「我在想，魔法能運用到什麼地步。」克拉巴特說，「看來它甚至是一種能讓我們左右王公貴侯的手段。」

復活節燭光

今年的復活節比較晚，在四月的下半才到來。聖週五受難日那晚，維克也被收進魔法學校。克拉巴特從沒看過這麼瘦癟、亂毛的烏鴉，好像連羽毛都隱隱泛著紅色，不過這或許只是他的錯覺。

聖週六，伙計們先睡飽備著。近傍晚，尤洛準備好豐盛的食物，「盡量吃吧，」漢佐提醒他們，「你們知道這得撐好一陣子！」

呂希克又可以和大家一起舀大碗公裡頭的東西吃了：在復活節前夕降臨時，伙計們之間所有的不愉快，都得一筆勾消，這是規定。

天黑後，磨坊師傅又派他們出去拿記號。一切都像去年那樣：師傅數人頭，兩人一組一起出門。克拉巴特這次是和尤洛一塊兒。

「去哪?」他們拿了毯子後，尤洛問。

「如果你覺得好的話，我們去波伊梅爾死地。」

「可以，如果你認得路的話。」尤洛說，「晚上我可不行，能認得屋子到豬圈的路，我就很高興了。」

「我走前頭，」克拉巴特說，「你小心別在黑暗中走丟！」

他們得走的路，克拉巴特只有那時和彤大走過一次。穿過科澤沼地並不難，但到了森林的另一邊，要找到經過黑崑崙旁邊的田間小徑，說不定就有麻煩了。「眞不行的話，」克拉巴特對自己說，「只好穿過農田了……。」不過，他都沒走錯。

雖然一片漆黑，但他們很順利就走到那條小徑。村子的燈火在左方閃爍，他們經過田野，沒多久到了村子另一邊的馬車路，沿著這條路走到下一個轉彎處。

「應該在這裡。」克拉巴特說。

在樹林邊，他們摸著一棵棵赤松往前走。當克拉巴特終於摸到有稜有角的十字架時，高興了起來。

「尤洛，過來，在這裡！」

尤洛跌跌撞撞趕緊走過來。

「你怎麼找到的，克拉巴特？這得跟你學學！」

他從口袋掏出火鐮和打火石，點燃一把乾樹枝。在小火微光中，他們撿了些地上的樹皮、枯枝。

「添柴撥火的事交給我，」尤洛說，「火和木柴的事我倒還做得來。」

克拉巴特裹著毯子坐在十字架下，彤大去年坐的地方，現在是他坐著，一樣是上身直挺、兩膝攏起、背靠十字架。

尤洛開始說南道北打發時間。克拉巴特時而回答「對」、「哦」或者「眞是的！」，雖然只是這麼隨意應聲，但這樣就能讓尤洛滿意了，他熱中地一直說，想到什麼就說什麼，並不在乎克拉巴特沒怎麼注意聽。

克拉巴特想著彤大，也不由自主想起那個領唱的女孩，雖然他並不打算這樣。但他想著、盼望著，盼望著她的歌聲在子夜從村子裡傳來的那一刻。

如果聽不到呢？如果今年領唱的是別的女孩呢？

他試著憶起那女孩的聲音，但卻無論如何也想不起來：她的聲音已經不存在自己的記憶裡，已經消失抹滅！或者這只是他的想像？

對他來講這是痛苦的，一種獨特、從未有過的痛苦：就像是身體某個地方痛到，而這地方的存在是他之前根本沒意識到的。

他想把這痛苦拋之腦後，他對自己說：「我一向對女孩子不感興趣，以後也會如此。要不我還能怎樣？如果我喜歡上了哪個女孩，有一天還不是會像彤大那樣！然後坐在那裡哀愁悔恨。夜裡，目光觸及明月下的荒野時，靈魂於是神遊出去，尋找荒草下，自己帶給她不幸的那女孩埋葬的地方……。」

靈魂神遊出去的魔法，克拉巴特在這一年裡已經學會了。那是師傅告誡他們要小心使用的少數幾種魔法之一。「因爲很容易在離開身體後卻回不來。」師傅再三提醒他們，「只有天黑後才能神遊出去，而且一定要在天明之前回來。」

誰的靈魂要是神遊出去太久而錯過時間，就再也回不來了。「他」進不去他的身體裡，而身體會被當成屍體埋葬，「他」會不停地在「生」、「死」之間四處尋找歸路，無法顯現、無法出聲、無法用任何方法讓人察覺「他」的存在，而這正是這種悲哀的情況特別折磨的地方。因爲即使最不上道的「吵鬧鬼」也不至於這麼慘，吵鬧鬼至少還可以敲敲打打、砸鍋砸碗，或者拿木柴往牆壁扔。

「不。」克拉巴特心想，「不管有什麼誘惑，我也不讓自己的靈魂神遊出去。」

尤洛變得很安靜，坐在火邊幾乎動也不動。要不是有時給火堆添根樹枝，有時把火裡的樹皮撥一下，克拉巴特會以爲他睡著了。

如此到了子夜。

遠處又傳來復活節鐘聲，黑崑崙又揚起一個少女的歌聲——是克拉巴特認得的聲音，也是他所期盼但在記憶裡遍尋不著的聲音。

現在，聽到的那一刻，他覺得不可思議，爲什麼自己會忘記這聲音？

聖主基督
復活了
哈利路亞
哈利路亞！

克拉巴特傾聽村裡女孩的歌唱，聲音輪流交替著，先是獨唱，然後合唱，當一群人合唱時，他已經迫不及待等著換成那個獨唱的聲音了。

「她的頭髮是什麼顏色，那個領唱的女孩？」他不由自主這麼想，「也許是棕色，或是黑色，還是淺栗色？」

他想知道。他想見到她，他渴望見到那個領唱的女孩。

「如果我神遊出去？」他想，「就這麼一下子，只要一下子，看一下她的臉……。」

他已經唸起咒語，已經感覺到肉體停止呼吸，感覺到離開自己的身體，進入外頭的暗夜中。

他回頭看一下火焰的地方，尤洛坐那邊，好像隨時會睡著；他看到自己背靠十字架直挺挺坐著，非生非死。所有，眞正造就他生命的，現在是在外頭這裡，在身體的外頭。他覺得如此輕靈自由、無拘無束，而且非常清醒，五官六識比以前任何時候都清明很多。

他仍猶豫是否把自己的身體單獨留下，要脫離的是最後的連結，這對他來講並不容易，因爲他知道那有可能是永遠的分離。但他的視線還是離開火邊那個年輕人，那個有著他的名字，叫做克拉巴特的小伙子，而往村子過去。

沒有人能聽見他，沒有人能看到他，但他卻什麼都看得清清楚楚、聽得清清楚楚，這讓他感到很驚訝。

村子裡，女孩們提著燈籠，拿著復活節蠟燭，沿著村子的街道來來回回唱著。她們穿著聖餐禮的服裝，從鞋子到帽子都是黑色的，除了頭髮中分往後梳緊後，圈住額頭上方頭髮的那條白色髮帶。

克拉巴特這時的舉止行爲，就像平常別人看得到他的時候那樣。他加入一群站在街道兩旁看女孩子的村裡小伙子。他們叫喊、開玩笑。

「妳們不能唱大聲點嗎？幾乎都聽不到啊！」

「小心蠟燭，別燒到妳們的鼻子！」

「要不要過來取取暖，妳們凍得都發紫了！」

女孩們當作路邊那些小伙子好像不存在一樣。這是她們的晚上，完全屬於她們的。她們靜氣地走她們的路，沿著街道來來回回唱著。

稍後她們到一家農舍取暖。小伙子們也想跟著擠進去，主人把他們趕走。他們於是又擠到窗戶旁邊往裡瞧。女孩們圍著爐火，女主人給她們復活節蛋糕和熱牛奶。小伙子們能看到的就是這樣，因爲男主人又出來了，這回是拿著棍子。

「呿！」像趕走吵人的貓那樣，「走開，你們這些傢伙，否則我打下去！」

小伙子們嘟囔著走開。克拉巴特也跟著他們，雖然完全沒有必要。他們在附近等，直到那些女孩出來繼續唱歌走路。

克拉巴特現在知道，領唱的女孩有淺色的頭髮，身材苗條高眺，走路還有抬著頭的姿勢，有一種自豪、不畏縮的樣子。

其實克拉巴特早就可以、也早該回去火堆旁，到尤洛的身邊。但他不滿足只是站在街邊遠遠看著那領唱的女孩，現在他想靠近看看她。

他和領唱少女手上的蠟燭燭光融爲一體，現在他是如此地接近她，如此近，從來沒有和一個女孩子這麼接近過。他看到那青春、美麗的臉，緊緊被白色髮帶和帽子圍住。溫柔的大眼睛朝下看著他，但卻看不到他，還是？……

他知道，無論如何是該回到火堆旁了。但那少女的眼睛，那睫毛花圈圍住的明亮眼睛，卻牽絆著他，讓他再也離開不了。她的歌聲聽起來如此遙遠，從他看著她的眼睛後，歌聲只是縹緲虛無而再也不那麼重要了。

克拉巴特知道，天就快亮了，但他脫身不了。他知道，如果自己不趕快離開回去，他就會錯失他的生命，他知道，但卻做不到。

忽然，像火燙的劇痛突然觸身襲來，出其不意地把他拉走。

克拉巴特又回到樹林邊，回到尤洛身邊。他的手背有一小塊灼熱的木片，他趕緊把它抖掉。

「噢！克拉巴特，」尤洛喊說，「我不是故意的！只是覺得你突然變得很奇怪，跟平常不一樣，所以我就點著這塊木片照你的臉看看，沒想到火花卻掉到你手上……。讓我看看，嚴重不嚴重？」

「還好！」克拉巴特說。

他在燙到的地方吐點口水。雖然他很感謝尤洛的不小心，卻不能向他表示。要不是他那麼一燙，自己現在就不會坐在這裡了，絕對不會。手背的劇痛，讓克拉巴特在一瞬間又和自己的身體合而爲一，在最後的一刻。

「天亮了，」克拉巴特說，「我們削點木片吧。」

他們削下木片，伸進火苗裡。

我給你做記號，兄弟
用十字架的炭片
我給你做記號
用祕教的符號

回磨坊途中，他們看到拿著陶壺取水回來的女孩們。克拉巴特考慮了一下，要不要和那領唱的女孩說話。但他想想還是算了，因爲尤洛也在，還有因爲他不想嚇著那女孩。

尖帽子的故事

然後又是門前的牛軛，又是打耳光，還有對師傅發誓說會服從他所有的事。這些讓克拉巴特感覺很不舒服。領唱女孩的眼睛縈繞在他腦海裡。但那雙眼睛只是看著復活節蠟燭的燭光，並沒有看到克拉巴特。

「下次我要讓她看到我。」他這麼決定，「要讓她知道，她注視的不是燭光，而是我。」

最後兩個伙計也回來了。然後水注入引水槽，磨坊開始運轉。磨坊師傅催趕他們十二個人到碾磨房工作。

幹著活的克拉巴特有種感覺：從倉庫把穀袋扛過來、把穀粒倒進槽裡（今天還掉了不少在外頭）、漸漸開始冒汗的人不是他自己。磨坊師傅的吆喝聲好像穿牆而過，跟他沒有關係。有好幾次因爲心不在焉，他不小心撞到其他伙計。有次他剛要踩上矮木梯，一腳沒踏好，把膝蓋撞破了皮，但他好像沒什麼感覺，身體一晃，把要從肩膀滑下來的穀物袋又扛好，爬上木梯。

他像拉車的馬一樣苦幹。腳步越來越沉重，腦袋一晃汗珠就會飛濺出去。得被這些該死的穀物袋這麼折磨，對他來講不怎麼樣，也沒什麼特別。這個早上在磨坊裡發生的一切，是一整夜坐在木十字架底下那個克拉巴特的事，對那個去了黑崑崙的克拉巴特來講無所謂，他在這裡是陌生人，和這裡的一切沒關係，也不明白這裡的一切。

這次最先高興叫出聲的是維克，然後大家也跟著歡呼起來。

克拉巴特訝異地停下來，吐個口水在手心裡，又想趕緊去扛下一袋。尤洛撞一下他的肋骨。

「停了，克拉巴特！」

這一撞可眞是正中要害，剛好在左腋窩下面最痛的地方。克拉巴特好一會透不過氣來，然後他——兩個克拉巴特又合而爲一的他，勉強擠出聲音說：「ㄟ，尤洛，我……眞該一拳往你的……鼻子揍下去，你這……笨蛋！」

他們笑，他們喝，他們吃油油、金黃色的復活節蛋糕，接著又跳舞。

水車轉水車轉

水車咕轆轉
磨坊老闆年紀大
又駝又笨就是他！
五月季節裡
他娶了一個年輕姑娘
水車轉水車轉
水車咕轆轉
又駝又笨的
就是磨坊老闆他！

他們又跳又唱。維克高聲嘶喊唱著，好像要用他尖細無力的聲音把每首歌徹徹底底地唱過。

過一會，史達希柯問安德魯西，要不要說個故事給大家聽？

「好啊，」安德魯西說，「把酒拿來！」

他喝了大大一口，然後開始他的故事。

「有一天，」他開始說，「『尖帽子』來到希萊佛村，到磨坊老闆那裡，這老闆是個惡名昭彰的守財奴，一個大吝嗇鬼。……等一下，我突然想到，也許維克根本不知道誰是尖帽子……。」

維克的確不知道，克拉巴特也是。

「那我得先解釋一下。」

安德魯西向伙計們保證，他會長話短說。

「尖帽子，」他說，「是個索布族的磨坊伙計，像我們一樣，我想他是來自史波拉一帶。瘦瘦高高的，年紀多大，沒人能說得準。不過，如果你們看到他的話，會想他大概四十歲左右，不會更老。他的左耳垂有個細細小小的金耳環，如果不是剛好有陽光照到閃亮著，就看不太出來。但他的帽子可就大多了，寬寬的帽緣，尖長的圓錐形帽頂。因爲這樣的帽子，所以人家叫他『尖帽子』，看到帽子就能認得他；或者也認不得，就像故事要講的那樣……。你們兩個人聽懂了嗎？」

克拉巴特和維克點頭。

「還有，你們也得知道，尖帽子是個會魔法的人，也許是勞齊茨一帶有史以來最厲害的一個。這點很重要。我們，坐這裡的每一個，懂得還沒有他的小指頭的一半多。雖然這樣，他這輩子一直都是個普通的磨坊伙計。當師傅，他顯然沒興趣，至於什麼其他更高的，像行政官或法官，或是在宮廷擔任什麼職位，那更不用說了。其實他要當那些官很容易，如果他要的話，但他並不想要。爲什麼？因爲他是個自由的伙計，也想一直這樣下去。夏天時，他可以隨心所欲，從一個磨坊到另一個磨坊，沒有管他的人，也沒有他管的人。這是他喜歡的生活方式，也是我喜歡的，如果我能選擇的話，眞他媽的！」

伙計們都贊同他說的。能過著像尖帽子那樣的生活，做自己的主人，不用聽別人的命令，這也是他們喜歡的。尤其今天才又跟師傅發了誓，又得在科澤沼地這個磨坊待上一年，讓他們更覺得如此。

「現在說故事吧，安德魯西！」漢佐喊說。

「說得也是，兄弟，開場白已經說夠了！把酒再拿過來，然後細聽我說……。」

「那時，」安德魯西說，「尖帽子來到希萊佛村的磨坊老闆那裡，那老闆，我說過，是個天下無雙的守財奴。把錢花在麵包的奶油和湯裡的鹽，都會讓他悔恨不已。所以他和伙計們老是搞得不愉快，也沒人肯在他那裡待下去。工作一大堆，伙食卻很糟，當然沒辦法長久下去，這想也知道。

尖帽子那時來到磨坊問有沒有工作。『工作有的是』。磨坊老闆說。但他眞應該知道面前這個戴著尖帽子和小耳環的人是誰。不過總是這樣，每個和尖帽子打過交道的人，總是後來才發覺，他當初就應該認出來才是。希萊佛村的磨坊老闆也沒認出來，而尖帽子讓他雇用三個星期幫忙。

磨坊還有兩個伙計和一個學徒，三個人都瘦得像籬笆片，又因爲灌了太多水而腿腫腫的：磨坊的水很充足，而且也是磨坊老闆唯一沒有定量分配的東西。至於麵包則不太夠，麥粥更不夠，肉或培根根本沒有，只有偶爾有點乳酪和半條鯡魚。因爲這三個都是窮人，磨坊老闆有他們欠錢的字據，所以他們只好在這裡做苦工，沒辦法離開。

尖帽子冷眼觀察了一陣子。他聽到那個學徒每晚都哭嚷著肚子餓，直到睡著了爲止。他看到那兩個伙計每早在井水邊沖洗時，陽光可以照穿他們的肚皮——瘦到這種程度。

有天中午，大家在吃午飯。飯廳裡很吵，因爲碾磨機還運轉著。他們之前把一批蕎麥倒進碾磨槽，現在正磨著。他們喝的湯，淡而無味，只是加了一些蕁麻、濱藜，和五、六顆或最多七顆姬茴香籽的湯水。這時磨坊師傅進來，尖帽子覺得這是對付他的好時候。

『嘿，師傅！』他喊，指著湯碗裡。『我觀察了兩個禮拜，看你是怎麼對待磨坊裡的人。你不覺得老是這樣的話，太少了點嗎？你自己喝看看！』他把湯匙遞過去。

磨坊老闆裝作聽不清楚尖帽子說的，因爲碾磨機轟隆著。他手指指著耳朵，搖搖頭，冷冷地笑著。

但他的冷笑馬上消失。畢竟尖帽子可不是只會吃麵包，他一掌往桌子拍下，就在那一刻，『卡嗒』一聲，碾磨機停住了，而且是完全停止，沒有後續的喀嗒聲或叩隆聲。只有水潺潺流過引水槽拍打著水車葉片的聲音，這表示並不是有人搖下閘門關了水閘。一定是傳動裝置哪裡卡住了，千萬不要是軸或齒輪卡住！

磨坊老闆從驚恐中回神過來，開始緊張大喊。『快！小伙子，』他對那學徒說，『你去把水閘關起來，快！……我和其他人去看看碾磨機怎麼了！趕快，趕快，走！走！』

『不用了。』尖帽子非常平靜地說，現在換成他冷笑著。

『爲什麼？』磨坊老闆問。

『因爲是我讓碾磨機停住的。』

『你？』

『我是尖帽子。』

一道陽光，像是預約好的，從窗戶射進來，照得他耳垂的那只耳環閃閃發亮。

『你是尖帽子？』

磨坊老闆兩腿軟得像化開的奶油一樣。他知道尖帽子是怎麼對付那些苦毒伙計的磨坊老闆。『老天！』他想，『他來問工作的時候，我竟然沒發覺！這段時間我難道都瞎了嗎?!』

尖帽子叫他去拿紙、筆、墨水來，然後寫下伙計們今後可以得到的待遇：

『每個人每天半磅麵包，準確秤好。

早上，濃稠的小麥粥，或小米、蕎麥、大麥都可以，用牛奶煮，星期天和節日時，裡頭加糖。每個星期兩次，午餐要有肉和蔬菜，讓每個人吃飽爲止；另外幾天要有豌豆泥或菜豆加培根，或煎丸子，或看情況用其他有營養的食物代替也可以，量要足夠，該加的佐料也要加……。』

他一直寫，寫了滿滿一整張清單。明確規定磨坊老闆今後得給伙計們的東西。『簽上你的名字，』尖帽子寫好後說，『然後發誓你會遵守！』

磨坊老闆知道他別無選擇，只好簽名、發誓。

尖帽子手往桌上一拍，『啪』一聲，把施在碾磨機的魔法收回，碾磨機又轉了起來。他把清單交給其中一個伙計保管，然後轉身對著磨坊老闆說話，雖然碾磨機的聲音還是吵雜，但磨坊老闆這次卻聽得一清二楚：

『讓我們把話說清楚，師傅，發過誓的就是發過誓的。我離開後，你得好好遵守，否則……。』又是『啪』一聲，碾磨機又停住，沒有後續的喀嗒或叩隆聲，這可把磨坊師傅嚇壞了。『那時，』尖帽子說，『誰也別想讓這東西再轉了，你好好記住！』說完，他讓碾磨機又轉動起來，然後就離開了。

此後，聽說希萊佛村的磨坊伙計們過著不錯的日子，他們得到應該有的，沒人得餓肚子，腿也不再腫腫的。」

伙計們很喜歡安德魯西講的尖帽子故事。「繼續說！」他們要求，「講更多他的故事！再喝點酒，然後繼續說！」

安德魯西拿過酒壺，喝些酒潤潤喉，繼續說尖帽子的故事：他怎麼教訓堡岑、索勞、倫堡、西魯克瑙等地方的磨坊老闆。又好玩，又可以幫助那裡的磨坊伙計。

克拉巴特不禁想到他們師傅，想到和他一起到德勒斯登去見選帝侯的事。他想，如果這個尖帽子剛好碰到師傅的話，會有什麼結果？較量起來的話，哪一個比較厲害？

賣馬

復活節過後，他們開始檢修磨坊裡所有的木造建物。因爲史達希柯是伙計裡頭手工最精巧的，所以師傅要他負責這件事，還派了奇托和克拉巴特當他的助手。他們檢查所有木造建物，從麵粉房到大屋的屋頂，如果有什麼損壞的，譬如柱子有斷裂危險的，踏板的榫頭有鬆脫的，樓層地板有壞的，他們會更換或用其他方法修好，像是用支柱或托樑撐住。此外，導水渠的護板有的得修補，攔水堤也得重新加固，另外也得做一個新的水車。

史達希柯和兩個助手，幾乎只用他們的手斧完成工作，就像每個有自尊心的磨坊伙計當然會做的那樣。只有不得已的時候，他們才會用上鋸子。

忙得不可開交的克拉巴特倒很高興，這樣他就不會去想到「其他事」，也就是說想到那個領唱的女孩。

但其實他想得還是夠多的，有時他也擔心其他人會覺察到他的心事。至少呂希克就嗅出了一絲氣味；他有天問克拉巴特是怎麼了？

「我？」克拉巴特反問說，「爲什麼？」

「因爲最近別人跟你說話，你總是心不在焉。我以前也認識一個人，思念著一個女孩，那樣子就跟你一樣。」

「而我以前也認識一個人，」克拉巴特盡可能若無其事地說，「那人自以爲很聰明，說他能聽到草在長大，但其實他只是頭殼裡有麥稈在劈哩啪啦響的草包而已。」

在魔法學校裡，克拉巴特很努力地學，沒多久，他的法力就不輸給大部分的同學了。只有漢佐、梅爾登和米歇爾還能贏過他，特別是米歇爾，從今年初開始，他變成最好的學生，遠遠超過所有其他伙計。

磨坊師傅顯然很滿意克拉巴特的熱心學習，常稱讚他、鼓勵他繼續這樣。「我看得出你在魔法方面會有成就的，」磨坊師傅在五月一個星期五課堂結束後，對克拉巴特說，「依我的觀察，你在這方面具有難得一見的才能。要不，你想我怎麼會帶你去選帝侯的宮殿？」

師傅對他這麼滿意，克拉巴特覺得很自豪。但遺憾的是，他不太有機會能實際應用他學到的魔法。

「這我們可以補救。」師傅說，就像他能聽到克拉巴特心裡的話似地。「明天你和尤洛到維堤赫瑙的市集，把他當作一匹黑色公馬賣掉，賣五十個銀幣。不過，小心別讓那個笨蛋給你惹麻煩。」

隔天，克拉巴特和尤洛動身前往維堤赫瑙。克拉巴特想到卡門次的公牛布拉西克，心想賣馬也一樣會是一件很好玩的事，不禁嘴裡吹起了口哨來。所以當他看到尤洛卻是愁眉苦臉，越走頭垂得越低時，就更覺得奇怪了。

「你怎麼了？」克拉巴特問。

「怎麼？」

「因爲你看起來像是要上絞刑架似地。」

「還能怎樣！」尤洛說，用兩根手指捏鼻子擤 聲。「我做不來，克拉巴特，……我從來沒有變過馬。」

「不會太難的，我會幫你。」

「這對我有什麼用？」尤洛停步，悲傷地看著他。「我們把我變成一匹馬，你再用五十個銀幣把我賣掉，然後事情就解決了？對你來說是這樣，對我可不是！爲什麼不是？很簡單！我要怎麼變回來，如果沒有你幫忙的話？我的感覺是，師傅在算計我，想趁機把我甩掉。」

「啐！」克拉巴特說，「你在鬼扯什麼?!」

「眞的，眞的！」尤洛反駁說。「總之，要我自己變回來，這我太笨，做不來。」

他垂頭喪氣站那裡，一副很可憐的樣子。

「那……，如果我們交換呢？」克拉巴特提議。「主要是師傅能拿到錢。我們誰把誰賣掉，還不是都一樣。」

尤洛很高興。「你願意爲我這麼做，兄弟?!」

「沒關係的。」克拉巴特說，「不過答應我，別跟任何人提這件事。至於其他的，我想應該不難解決。」

兩人吹著口哨前進，看到維提赫瑙住家的屋頂後，他們離開馬路拐進去，走到一個穀倉後面。「這裡可以，」克拉巴特說，「沒人會看到我們，我可以在這裡變成馬。你知道哦，不能把我低於五十銀幣賣掉。還有，把我交給別人之前，要記得拿下馬套，要不我這輩子就得一直當馬了。這可不是我要的。」

「別怕！」尤洛說，「我會小心！雖然我笨，但還沒笨到那種程度。」

「那好，」克拉巴特說，「就這麼說定了。」

他喃喃唸了句咒語，變成一匹黑公馬，佩著華麗的馬鞍、馬套。

「天哪！」尤洛大喊，「你是一匹不折不扣的儀仗馬！」

維堤赫瑙市集的馬販們看到這匹公馬，目瞪口呆，紛紛跑過來。

「那馬多少錢？」

「五十銀幣。」

沒一會，一個堡岑來的馬販跟尤洛握一下手表示同意，但就在尤洛要大聲說「好，成交！」之前，忽然一個陌生的男士介入這樁買賣。這男人一頂波蘭帽，鑲銀線的紅色騎士服。也許是個退役的軍官，或是什麼有身分的人。

「這不是一樁好買賣。」他用沙啞的聲音勸告尤洛。「你這匹公馬的價值遠遠超過五十個銀幣，我給你一百！」

堡岑來的馬販氣壞了。這瘋子幹嘛要破壞我的買賣！這傢伙到底是誰？

沒人認識這個看來像個貴族的陌生人，除了克拉巴特以外。他一開始就從那人的左眼眼罩和聲音認出來了。克拉巴特鼻子吐氣、馬蹄前踩後踩，急著想要警告尤洛。但尤洛似乎沒注意到克拉巴特的不安，想到的顯然只有那一百個銀幣。

「你還猶豫什麼？」陌生人催促尤洛，掏出一袋錢，丟給他。

尤洛鞠個躬。

「感激不盡，大爺！」

說時遲那時快，陌生人伸手奪過轠繩，一躍而上，坐在克拉巴特背上。尤洛驚呆在那裡。那人用靴子上的馬刺用力往克拉巴特脅腹一頂，克拉巴特嘶叫著立了起來。

「別騎走，大爺！」尤洛喊，「馬套！您得把馬套留下來！」

「不成！」陌生人大笑。這下尤洛也認出他了。

磨坊師傅拿著馬鞭往克拉巴特身上抽打。「走！」他沒再理會尤洛，奔馬而去。

可憐的克拉巴特！磨坊師傅騎著他在荒野上東奔西跑，趕著他越過樹墩、石頭，跳過矮樹叢和水溝，穿過荊棘叢和泥沼地。

「我要教教你怎麼聽話！」

克拉巴特一慢下來，磨坊師傅就用鞭子抽、用馬刺頂，痛得他像是有火燙的鐵釘刺進去一樣。

他想把師傅摔下來，他顛跳、扯轠繩，或突然煞住。

「你跳吧！」磨坊師傅喊說，「你摔我不下來的！」

終於，鞭子和馬刺讓克拉巴特徹底屈服了。最後的抵抗失敗，克拉巴特喪失鬥志，屈服忍受。鬣毛滴汗，嘴巴吐沫，全身冒熱氣，他喘著、顫抖著，感到血從脅腹熱熱地流下大腿內側。

「好，這樣乖！」

磨坊師傅勒住轡繩，然後策馬小跑。右疾奔、左疾奔，再輕快的小跑步回來。慢踏步一會兒，然後停住。

「你本來可以不用這麼自討苦吃的！」磨坊師傅跳下馬，解開馬套。「現在變回人形吧！」

克拉巴特變回人形，但鞭痕、瘀青、傷口、皸裂都還留著。

「算是對你不聽話的處罰！好好記住，我交代的事，你就得做，按照我的命令，而不是其他的。下次就不會那麼便宜你了！」

磨坊師傅嚴厲的口氣，讓克拉巴特不敢有絲毫懷疑。

「還有一件事！」他略略提高聲音說，「你可以去向尤洛討回你的損失，拿去！」

他把馬鞭塞進克拉巴特手裡。然後轉身離開，走幾步後，變成一隻蒼鷹飛向天空，振翅而去。

克拉巴特一拐一拐地往回走。每走幾步，就得停下來。兩腳沉重得像掛了鉛錘一樣，全身不論筋骨皮肉都發痛。走回到通往維堤赫瑙的馬路上後，他倒在旁邊一棵樹下休息。如果那個領唱的女孩現在看到他，會說什麼呢？

過一會，尤洛也從路上慢慢踱過來。

「ㄟ，尤洛！」

那傻瓜嚇了一跳。

「是你?!」

「沒錯，」克拉巴特說，「是我。」

尤洛往後退一步，一隻手指著馬鞭，另一隻手遮住自己的臉。

「你想打我是吧?!」

「我的確是該打你。」克拉巴特說，「總之，師傅是要我這麼做。」

「那就快吧！」尤洛說，「我的確做了該打的事，那就快打快解脫吧！」

克拉巴特吐一口氣。

「這樣能讓我的皮肉好得快點嗎？你說呢？」

「可是……師傅！」

「他沒命令我這樣，」克拉巴特回答說，「他只是說我可以這樣做。過來，尤洛，坐過來這邊草地上！」

「好。」尤洛說。然後從口袋拿出一小塊木頭或什麼的，在他們休息的地方畫個大圓圈把兩個人圍住，又在圓圈裡頭畫了三個十字和一個五角星。

「你在幹什麼？」克拉巴特問。

「啊，沒什麼。」尤洛說得含含糊糊，「只是防蚊子和蒼蠅，……我不喜歡牠們糾纏著。……讓我看看你的背！」他把克拉巴特的襯衫往上捲。「哎唷，老天，師傅可把你打得夠慘的！」

他迸出一聲口哨聲，手在口袋裡找著。

「我有藥膏，都隨身帶著，是我祖母留下的配方。要我幫你塗一塗嗎？」

「如果有效的話。」克拉巴特說；尤洛掛保證說：「總之無害。」

他小心地幫克拉巴特塗上藥膏。涼涼的很舒服，疼痛一下就減輕很多。克拉巴特覺得像是長出了新皮膚。

「竟然有這種東西！」他驚訝地大聲說。

「我祖母可是個聰明的女人。」尤洛說，「我們家的人，本來就是很聰明的，除了我以外。克拉巴特，想到你差點因爲我的愚蠢而永遠變成一匹馬……。」他顫抖、翻白眼。

「沒關係了！」克拉巴特說，「你不是看到了嗎，我們運氣還算不錯！」

兩人和和氣氣，慢慢晃回家。快穿越過科澤沼地，在離磨坊不遠處時，尤洛開始一拐一拐地走。

「你也得一拐一拐地走，克拉巴特！」

「爲什麼？」

「因爲沒必要讓師傅知道藥膏的事。誰都沒必要知道。」

「那你爲什麼也一拐一拐地走？」克拉巴特問。

「因爲我被你痛扁了一頓，別忘記！」

酒和水

六月末，他們開始做水車。克拉巴特幫忙史達希柯測量舊水車。新水車的每個部分都得跟舊水車原來的大小一樣，因爲做好後，要嵌入原來的軸。馬槽後頭，穀倉和柴房之間的空地，是他們做木工的地方。這些日子，他們就在那裡度過，按照史達希柯繪製的那樣，把材料備好，把必要的部分都完成：橫木、輻條、輪箍的各部分，還有斜支柱、葉片等等。

「全部都得弄對！」他再三提醒兩個助手，「別讓我們在嵌裝水車那天被大家看笑話！」

這季節太陽下山得晚，天氣又好，晚飯後伙計們常坐在磨坊前空地，安德魯西吹著他的單簧口琴。

克拉巴特很想在這時候去一趟黑崑崙。也許那領唱少女會坐在門口，當他經過和她打招呼時，她也回個招呼。還是她現在又跟那些女孩在一起唱歌？好幾個夜晚，風從黑崑崙那方向吹過來時，他覺得自己可以聽到遠方傳來的歌聲。但這其實不太可能，畢竟這之間還隔著一片長長的森林。

他要是能找到理由出去就好了：一個合理、不會讓人懷疑的理由，連呂希克都不會起疑心的！也許有一天這種機會會自動出現，這樣就不會引起疑心，也就不會讓那個女孩有危險。

其實他對她知道得很少。她的樣子，這他知道。她走路的姿態、抬頭的樣子，還有她的聲音，現在他知道的如此確定，彷彿從以前就一直知道似地。而他也知道，自己不會再讓那女孩從腦海裡消失，就像他不會忘記彤大一樣。

儘管如此，他卻連她的名字都不知道。

有時他會想，到底她叫什麼名字？然後開心地挑選著：蜜蘭卡……、芮杜希卡……、杜仙卡……，這些會是適合她的名字。

「不知道她眞正的名字也好。」克拉巴特心想，「不知道的話，就不會說出來，醒的時候不會，睡著的時候也不會，就像彤大那時要他切切記住的——那時，彷彿千百年以前，兩人在復活節的火焰邊。」

克拉巴特還是一直沒能去探望彤大的墳。

終於，這星期有一早，他在破曉時刻醒來，溜出磨坊跑往科澤沼地。地上的草，樹上的枝，滿是露珠。克拉巴特走過後，草地上留下深暗的腳印。

太陽升起時，他來到「荒地」前頭，離當初他和彤大從泥炭場走來時，剛開始踏上乾硬的地方不遠。

之前途中，克拉巴特在一個小池沼旁摘了幾朵知更草的花，想放在彤大的墳上。晨光中，呈現眼前的是一排好幾個平坦、略長的土堆：每個都差不多，沒有特徵、沒有差別。他們當初埋葬彤大時，是埋在最左邊還是最右邊？土堆和土堆之間的距離並不是都一樣，也可能他們把彤大埋在中間。

克拉巴特不知該怎麼辦。他無法從記憶中找到線索。那時四周一片白，積雪覆蓋，他們把彤大埋下。

「看來是沒轍了。」克拉巴特心想。

他慢步走過去，在每個墳丘上放一朵花。最後還剩下一朵。他手指轉著花莖，看著花說：

「給下一個被我們葬在這裡的……。」

花落下，而在那一刻，花從手指落下的那剎那，他才意識到自己說了什麼。克拉巴特心頭一顫，但說出的話已經收不回來。花也落地，落在那排墳丘的最後頭，在最右邊一個墳丘和林子邊緣之間。

回到磨坊，似乎沒有人注意到他去了哪裡。但還是有人悄悄觀察到了：米歐爾。那晚，米歐爾找了機會和克拉巴特單獨談。「人死了就死了。」米歐爾說，「我跟你說過的，現在再跟你說一遍。死在科澤沼地這磨坊的人，會被忘記，就像他從來沒有存在過一樣。只有這樣才能讓其他人活下去，而也得活下去。答應我，你會照我的話做。」

「我答應。」

克拉巴特點頭，但就在點頭的這一剎那，他知道他答應的是他不願意、也做不到的。

新水車花了整整三個禮拜才完成。他們沒用到任何一根釘子。每部分都彼此契合並用接榫的方法。之後，遇水則發，等水流到水車後，榫頭和榫眼的部分會膨脹，彼此會緊緊卡住，這樣比用膠水黏合更牢固。

史達希柯檢查了最後一次，確定比例尺寸都沒錯，也沒缺了什麼。然後他去向師傅報告水車做好了。

磨坊師傅決定下星期三是嵌裝水車的日子。現在，他應該通知四鄰的磨坊主，邀請他們和他們的伙計這天來共襄盛舉，就像磨坊行業的習俗那樣。但科澤沼地的磨坊師傅並不在乎這種習俗，對四鄰的磨坊老闆，他並不感興趣，他說：「要陌生人來我們磨坊幹嘛？嵌裝水車我們自己又不是做不來！」

到星期三爲止，史達希柯、克拉巴特、奇托三人還是有很多事得做。舊水車和引水槽那裡必須做個堅固的木頭鷹架；繩索、絞盤、滑輪都得準備，還有扛水車的木頭、滾軸、起重桿和其他必要的木頭也是。

星期二晚上，伙計們在新水車的輻條上編紮了一串樹葉，史達希柯最後再插上幾朵花。對於自己的作品，他那種自豪，誰都看得出來。

星期三的早餐，尤洛爲大家準備了培根蛋糕。

「因爲我想，如果你們肚子裡塡了好東西，工作也會更順利。所以，吃飽吧，但也別吃得太撐！」尤洛說。

早餐後，大夥到工地，師傅已在那邊等著。大家聽從史達希柯的指示，把扛木穿過水車，軸眼的兩側各三根。

「好了嗎？」史達希柯大聲問。

「好了！」師傅和伙計喊說。

「那麼，順利成功！扛——起來！」

他們把水車扛到引水槽那邊，放在鷹架旁的草地上。

「慢慢的！」史達希柯喊說，「輕輕放下，才不會裂掉！」

米歇爾和梅爾登爬上鷹架，利用滑輪和幾條吊索，從舊水車後部把水車軸吊掛在橫樑上。現在伙計們可以用他們的木頭和起重桿把舊水車從軸的前端卸下，從引水槽抬起來，扛走。

然後他們把新水車扛到引水槽那裡，慢慢垂直往下放，直到軸眼和軸心對齊。接下來就是要把軸眼推進軸心裡。史達希柯心情激動得直冒汗。他和安德魯西一起下去到引水槽裡，在那裡發號施令。

「左邊稍微低一點，好，慢慢過來……，現在右邊放低一點……，注意，別歪掉！」

到目前爲止一切都很順利。這時，安德魯西忽然大吃一驚，罵出聲來。

「你看！」他朝史達希柯喊說，「你們做這什麼爛東西！」他指著軸眼，「這頂多能穿進掃把柄，要穿進水車軸，根本不可能！」

史達希柯嚇著了，面紅耳赤。他眞的是準確細心地量好了每個部分，但現在軸眼卻太小，小得連尤洛都看得出來，而且只要用肉眼。
「這……我……搞……不懂……。」史達希柯結結巴巴地說。
「不懂？」安德魯西問。
「不懂！」
「你不懂我懂！」安德魯西冷笑說。
其他人早就看出來，他只是在捉弄史達希柯。這時，安德魯西打個響指，一下子，問題全沒了，軸眼的大小恰到好處。他們把水車推進軸心時，契合得毫髮不差。
史達希柯沒有生安德魯西的氣，他很高興最困難的部分已經完成，剩下的相對來說只是小兒科。他們把軸放回原來的位置，解開吊索。把水車榫好、卡緊。然後再兩、三道小手續，這裡那裡敲一敲。大功告成。
嵌裝水車時，磨坊師傅也和大家一起幫忙。現在，他爬上鷹架，要尤洛把酒拿給他。磨坊師傅直挺挺地站在水槽上方，磨坊師傅舉起酒壺，向伙計們敬酒，然後把剩下的酒澆在水車上。
「先酒——後水！」他喊，「啓動水車！」
漢佐打開水閘，在伙計們的歡呼聲中，新的水車開始轉動起來。

一天的工作都結束後，伙計們把飯廳裡的長桌和板凳搬到磨坊前的空地，維克幫忙呂希克把師傅的太師椅搬出來，放在最前面的主位。然後伙計們在磨坊水塘裡洗個澡，他們梳洗、更衣時，尤洛在廚房把晚宴準備好。

慶祝新水車落成啓用，有烤肉和葡萄酒等。他們在屋外吃喝到很晚，磨坊師傅心情很好，話也多了起來。他稱讚史達希柯和兩個助手做得很好，甚至對笨尤洛，他也有好話說：烤肉超級棒，甜酒清人心。他和伙計們一起唱歌、說笑，要他們喝酒，但喝得最多的是他自己。

「歡樂吧！」他喊，「儘管歡樂吧，年輕人！看到你們，我眞是羨慕！你們不知道，你們過得有多好！」

「我們？」安德魯西不解地搔著腦袋問，「兄弟們，伙計們，大家聽，師傅羨慕我們！」

「因爲你們年輕。」

磨坊師傅變得嚴肅起來，但也只是一下子。然後他開始說起往事，談起他自己還是個伙計，差不多克拉巴特這年紀時。

「那時我有個很好的朋友，名字叫做吉爾克。我們一起在科梅嶗的磨坊當學徒。後來我們離開，一起出去雲遊學習，在勞齊茨四處，也去了西里西亞，一直到波希米亞一帶。我們到一個磨坊時，總會問老闆，有沒有給兩個人的工作，因為我們不願意單獨一人工作，兩個人在一起畢竟更好、更有趣。吉爾克總有辦法讓我們高高興興的，而且工作他也很行，必要的話，他一人可以抵三人。而且說來你們也許不相信，那時也有不少女孩很喜歡我們。」

磨坊師傅越說越起勁。有時會停下喝點酒，然後把話頭又接下去：吉爾克和他怎麼來到一個魔法學校，兩人在那裡學了七年的魔法，學成後，又開始雲遊各地。

「有一次，」磨坊師傅繼續他的故事，「我們在科斯維希附近的磨坊工作。有一天，選帝侯和一些去打獵的賓客經過，在磨坊水塘後的陰涼草地休息。

磨坊伙計，包括我和吉爾克，站在樹叢後看他們用餐。兩個僕人把桌布鋪在草地上，開始用銀盤子為選帝侯和他的賓客上菜：野味、松露鵪鶉糜、三種葡萄酒，還有飯後甜點。全部都裝在大籃子裡，用馬載著。

當時也是個年輕小伙子的選帝侯，和他那些女士、先生們吃完後，他打了一個大飽嗝，表示酒足飯飽很滿意。然後他說，在野外飽餐這麼一頓後，覺得心情很舒服，覺得自己精神飽滿、力大如十二頭公牛。他看到我們這些人在樹叢後頭看著，對我們喊說，去拿個馬蹄鐵來，而且要快，否則他那一身勁會把自己憋得爆炸！

我們也聽過這樣的傳聞，說選帝侯能用手把馬蹄鐵『卡啦』一聲從中間折斷，所以也猜想得到，他要馬蹄鐵幹什麼。吉爾克跑進磨坊拿了一塊馬蹄鐵給他。

『您要的東西，殿下！』

選帝侯握住馬蹄鐵兩端。那些陪著打獵的勤務兵，原本和馬、狗在旁邊休息，這時已經一躍而起，尖起嘴唇對著法國號。就在選帝侯把馬蹄鐵折斷那一刻，他們吹了起來，卯足全力死命地吹，兩腮鼓得像管風琴的風箱一樣。在震天的號角聲中，選帝侯高舉折成兩半的馬蹄鐵，向四周的人誇耀展示。然後他問一起來打獵的男士們，有沒有人能像他那樣做。

沒人敢說有辦法，只有吉爾克似乎有些忘乎所以。他站到選帝侯面前，說：『如果您允許的話，我還能做得更好，就是把馬蹄鐵又合在一起。』

『這每個鐵匠都會。』選帝侯說。

『用風箱和火是可以，』吉爾克說，『但要空手可就難了！』

他沒等選帝侯說話，把那兩半馬蹄鐵拿了過去，往斷裂處一壓，嘴裡唸著咒語。

『請過目，殿下！』他說。

選帝侯把馬蹄鐵搶過去，前後上下，從頭到尾看了一遍：馬蹄鐵完好如初，渾然一體。

『什麼！』他怒聲地說，『你騙不了我們，說這個撐得住！』

他想再把馬蹄鐵折斷，這難不倒他，他心裡想。但這次他可失算了——沒有把吉爾克算進去。他拉、扯、掰，脖子青筋暴起，粗得像手指。額頭汗珠直流，眼珠幾乎要迸出眼眶。他的臉先是紅得像火雞，然後紫得像紫羅蘭，最後變成深藍。嘴唇因爲全身太使勁而發白，又細又白，像兩條粉筆線。

然後，選帝侯大人把馬蹄鐵往地上一丟，臉色現在是氣得發黃。

『馬！』他命令說，『出發！』

可是他幾乎無法踩鐙上馬，至高無上的殿下已經兩腿發軟。

此後，他經過科斯維希一帶，總會繞個大圈子避開這個磨坊。

磨坊師傅繼續喝酒說往事，談他年輕的時候，特別是關於吉爾克。米歇爾問說，吉爾克後來怎麼了？這時，夜色已深，天際星斗點點，月亮從馬廄山字形屋牆後方升上來。

「吉爾克？」磨坊師傅兩手握著大酒杯，「被我殺死了。」

伙計們都站起來。

「是的，」磨坊師傅重複一遍，「被我殺死了。以後我會告訴你們是怎麼發生的。現在我口乾了，拿酒來！」

磨坊師傅一直喝，沒再說話，直到醉倒在他的太師椅上，兩眼發直，像個死人一樣。

他的眼神令人不寒而慄，伙計們沒人敢過去扶他進屋裡，於是就這樣讓他坐在外頭，直到天明時他自己醒來，悄悄進屋上了床。

鬥雞

有時，雲遊的磨坊工人會經過科澤沼地的磨坊。按照行會的習俗，他們有權向磨坊師傅請求供餐借宿。但這些人在黑水溪的磨坊師傅這裡可沒好運氣，雖然磨坊師傅有義務提供他們一天的食物和一晚的借宿，但他並不遵守這種行會習俗，總是言語刻薄地拒絕。說他不想和遊手好閒的懶人、流蕩的無賴打交道；他呵斥他們說，他櫥裡的麵包、鍋裡的麥粥不是給他們這種流氓吃的，要他們立刻滾蛋，否則要放狗把他們咬到黑崑崙。

這一招對大部分的雲遊伙計都有效。但如果還有哪個不以爲然的話，磨坊師傅也會有辦法，弄得那個人眞相信有群狗會追咬過來，然後呼天喊地揮舞著手杖落荒而逃。

「我們這裡不需要來窺探的人，」磨坊師傅總是這麼說，「也不需要無用的食客。」

盛夏之際，陰霾、悶熱的一天。科澤沼地的天空烏雲密佈，空氣濕黏鬱卒，讓人透不過氣來。磨坊的水渠裡散發出一陣陣嗆人的藻類和爛泥味：雷雨欲來之兆。

午飯後，克拉巴特躺在水塘邊的柳蔭下休息。兩手枕在腦後，嘴裡嚼著一根草莖，無精打采昏昏欲睡。

他閉上眼睛正要睡著時，忽然聽到有人大聲吹著口哨走來。他張眼一看，是個雲遊的磨坊伙計站在他面前。

這個陌生的中年男子，瘦瘦高高，皮膚像吉普賽人那樣黝黑。戴著一頂奇怪的尖帽，左耳垂有個細細的金耳環。此外看起來就像一般的磨坊工人，寬寬的亞麻褲，腰帶插著手斧，左肩背著束皮帶的行李包。「嗨！你好，兄弟！」他大聲說。

「你好！」克拉巴特打了一個哈欠問說，「從哪來，要去哪？」

「從那邊來，要去那邊。」他說。「帶我去見你們師傅。」

「他在他房裡。」克拉巴特懶洋洋地回答。「進了玄關往裡走，左邊第一個門就是，不會搞錯的。」

那人皮笑肉不笑，嘲諷地看著克拉巴特。

「照我說的做，兄弟，帶我去見他！」

克拉巴特感到那人散發出一股巨大的力量，逼得自己不得不站起來帶路，就像他要求的。

磨坊師傅坐在桌子的主位。克拉巴特把那人帶進去時，他不耐煩地抬頭看，但那人似乎不在乎。

「對不起！」他大聲說，把帽子稍稍抬起致個意，「你好，師傅，我想像行會習俗允許的那樣，跟你借個宿、討個口糧。」

磨坊師傅像往常一樣，言語刻薄地要他走人，但那人並不在乎。

「你可以省省你的狗，」那人說，「我知道你沒有。我可以坐下吧？」

說完後他就這麼坐到桌子下座的椅子上。克拉巴特真的搞不懂了，師傅怎麼會允許這樣！他應該會一躍而起把那人趕出去，甚至用棍棒痛打一頓趕出磨坊……，怎麼現在卻沒有？

座位上的兩人，一言不發怒目相視，彷彿充滿仇恨，隨時會拔刀割向對方的喉嚨。

屋外傳來第一聲雷響，遙遠低沉，似有若無。

這時漢佐進來，然後米歇爾，然後梅爾登，一個接一個都進來，直到全員到齊——後來他們說是忽然有種想見師傅的慾望——完全偶然，不約而同都被那種感覺侵襲，把他們帶進這裡來……。

雷雨逼近，風吹得窗戶嘎嘎作響，電光一閃，陌生人尖起嘴巴往桌上吐一口口水，口水落桌處，一隻紅色的老鼠坐那裡。

「磨坊師傅，現在該你了。」

磨坊師傅往桌上吐了一隻黑老鼠，像他一樣，只有一隻眼睛。兩隻老鼠伶俐地繞著圈子彼此追逐，紅的想咬黑的尾巴，黑的想咬紅的尾巴。就在黑的正要咬到紅的時，陌生人打個響指。

蜷縮在那裡的紅老鼠變成一隻伏身的紅貓，準備躍起。一瞬間，黑老鼠也變成了一隻獨眼黑貓。兩隻貓呼嚕吼叫，張牙舞爪地撲向對方。

抓、咬、抓！

紅貓看準了黑貓的那隻眼睛，尖叫一聲撲上去，雖不中亦不遠，差點就把黑貓的那隻眼睛給摳出來。

這次是磨坊師傅打個響指。坐在那裡的黑貓忽然變成一隻黑公雞。拍著翅膀、憤怒地猛抓猛啄攻過去。紅貓嚇得往後退，但只是一下子，因爲那陌生人這時也打了個響指。

兩隻公雞，一黑一紅，挺冠豎羽，怒目相視。

外頭狂風暴雨，伙計們視若無睹、聽而不聞。屋內兩隻公雞撲翅衝向對方，廝殺了起來，猛抓猛啄，羽毛飛散，尖叫哀號。

終於，紅公雞躍到黑公雞背上，利爪緊緊摳住牠羽毛，猛揪猛扯，尖嘴亂啄一通，直到黑公雞落荒而逃。

紅公雞追在後頭，跑過半個磨坊，一直把牠追到科澤沼地裡。

最後一道巨長的閃電劃過，接著一聲響雷像千鼓齊鳴。隨之靜止下來，只有雨仍在窗外劈哩啪啦。

「黑水溪的磨坊師傅，」那個外地來的磨坊伙計說，「你已經輸了這次的決鬥。現在趕快把食物拿出來，我餓了，還有酒也別忘記！」

磨坊師傅臉色慘白站起來。親自去把麵包、火腿肉、乳酪、黃瓜、醋浸洋蔥端來。然後再從地窖拿來一大杯紅酒。

「太酸了！」那個人嚐了一口酒後說，「拿後頭右邊角落那個小桶子裡的酒給我。我知道那是你保留著給特別的時候喝的，今天就是特別的時候。」

磨坊師傅咬牙切齒。但他輸了，沒辦法，只好乖乖順從。

陌生人從容不迫靜靜地吃，磨坊師傅和伙計們在一旁看著，呆若木雞站那裡，眼神擺脫不開。

終於陌生人把盤子往旁一推，用袖子擦一下嘴，說：

「嗯，味道不錯，份量也足……。祝你們健康，兄弟們！」他舉起酒杯向伙計們致意。「但是你，」他大聲對磨坊師傅說，「以後要把陌生人趕走前，最好先看清楚，知道嗎？好好記住我尖帽子說的！」

然後起身，拿起斧頭和包袱，走了出去。克拉巴特和其他伙計也蜂擁跟在後頭，把磨坊師傅一人丟在房間裡。

外頭雨過天青，陽光照耀著濕氣的科澤沼地，空氣清新得像山泉一樣。

尖帽子往前走，沒有回頭，橫越草坪，走向樹林，嘴裡吹著小調，耳環在陽光中閃亮了幾次。

「我說得沒錯吧！」安德魯西說，「和尖帽子打過交道的人，總是後來才發覺，要是早知道就好了……。」

三天三夜，磨坊師傅把自己關在黑色小房間裡。伙計們在屋裡走動時，總是躡手躡腳。尖帽子和師傅鬥法贏了時，他們也在場，所以可預料地，接下來他們會不好過了。

第四天晚上，事情終於來了。他們正吃著晚飯時，師傅進來雇工房把他們叫走。

「工作去！」他想必喝了不少酒，伙計們可以聞到沖天的酒氣味。他兩頰凹陷，滿臉鬍腮，蒼白得像個死人。

「我沒催你們，你們就不去碾磨房了嗎？去，開動碾磨機，把穀子倒進去！把所有的碾磨機都用上。誰要慢吞吞的，誰就倒霉！」

他們在碾磨房裡苦幹了一整晚。磨坊師傅毫不留情地催趕他們，又叫又罵，詛咒加威脅，讓他們疲於奔命，昏頭轉向。一整晚都沒得休息，連喘息的機會都沒有。

終於破曉，他們已經累得快昏倒。每個人都氣喘如狗，覺得全身的骨頭被棍棒敲碎了一樣。磨坊師傅這才讓他們回去休息睡覺。

白天他沒去吵他們，但到了晚上，一切又開始。如此一晚又一晚。天黑後，磨坊師傅就把他們趕進碾磨房，在催趕、叫罵聲中，他們得苦幹到天亮。只有星期五夜裡他們不用工作，因爲這晚還是照常上課。只是他們都累得七葷八素恍恍惚惚，變成烏鴉棲在桿子上時，軟趴趴迷迷糊糊，有的甚至睡著了。

磨坊師傅並不在乎。學多少、學到什麼，是他們的事。只有一次，維克因爲睡著了從桿子跌下來，他才罵他。

他們裡頭，最慘的是維克，因爲他正在發育的階段。夜裡這樣工作，對他元氣最傷。雖然米歇爾、梅爾登試著幫他，還有漢佐、克拉巴特和史達希柯也是，只要有機會就會幫他一把，但磨坊師傅無所不在，幾乎什麼都逃不過他那隻眼睛，大夥眞能幫他的時候其實不多。

誰也沒有談起尖帽子。但伙計們都知道，磨坊師傅在懲罰他們，因爲他鬥法鬥輸時，他們也在場看到。

如此一個禮拜又一個禮拜，直到九月的新月夜。冠羽毛那個人像往常一樣，駕車來到門前，伙計們開始工作，磨坊師傅登上車夫座，拿起馬鞭揮舞。伙計們一聲不響來回奔跑，把袋子從馬車扛到碾磨房，把東西倒進「死磨」槽裡，再跑回馬車。一切都像往常的新月夜那樣進行，只是大夥感覺這回比較累。到了夜裡兩點左右，馬車裡已經沒剩幾袋，但事情發生了，維克已經撐不下去，他扛著扛著，腳步開始踉蹌了起來，然後砰一聲倒在馬車和碾磨房之間。他臉朝下趴在草地上喘著，米歇爾過去把他翻過身來，解開他的衣服。

「嘿！」磨坊師傅站起來，「你這是幹什麼！」

「這你還用問嗎？」米歇爾挺腰站起來，打破新月夜慣有的沉默。「好幾個禮拜來，你每晚都把我們操得要死不活，你叫這小孩怎麼受得了？」

「閉嘴！」磨坊師傅喊，鞭子往米歇爾身上抽下去，馬鞭纏住他的脖子。

「無妨！」

克拉巴特第一次聽到這個陌生人說話。聲音彷彿炭火又彷彿冰霜。他覺得一股寒氣直透背脊，同時又覺得像是站在熊熊火焰中。

冠羽毛的人手一擺，示意米歇爾把維克帶走。然後從磨坊師傅手裡拿過馬鞭，把他推下車去。

現在磨坊師傅得代替被米歇爾扶回房間的維克，剩下來這夜的時間，他必須和伙計們一起工作，不像只有在新年和復活節之間才得那麼做，而伙計們很樂意看到這樣。

墳丘的最後頭

隔天起，伙計們又可以安寧多了。只有米歇爾脖子上的鞭痕讓人想起磨坊師傅這幾個星期來，一晚又一晚地折磨他們。現在他們又可以在白天工作，比較不會累，而且傍晚就結束。然後他們可以做他們想做的：吹單簧口琴、聊天、做木湯匙。一切都像以前一樣。他們手上的水泡也已經乾硬，胸部和背部磨傷的地方也很快就好了。星期五晚上，磨坊師傅朗讀魔法書給他們聽時，他們又學得專心勤快；師傅要他們覆述時，大部分時候只有尤洛會支支吾吾說不下去。不過，這對他來講已經見怪不怪了。

聖米迦勒日（九月廿九日）過後幾天，磨坊師傅派裴塔爾和克拉巴特到荷伊爾斯維達，買一桶鹽和雜七雜八的廚房用品。磨坊師傅從不讓伙計們單獨出門，如果有什麼事得出去辦，他至少會派兩個人一起去。這想必有他的理由，或者就只是他不知所以的規定而已。

黎明時刻，他們出發，坐兩匹栗馬拉的載貨馬車。科澤沼地一片濃霧，他們穿過森林後，日頭出來，地面上的霧也散開。

黑崑崙在他們前頭。

克拉巴特很希望能看到領唱的女孩。馬車經過村子時，他期盼地望著，但卻徒然。拿著水桶在下頭井邊聊天的女孩裡，沒有她；在上頭的井邊，也沒有。這個早晨，其他地方也看不到她。

克拉巴特很難過，他真的很希望看到她，畢竟已經好一段時間了，從復活節到現在。

「下午回來時，會有好運氣嗎？」他想著。也許還是不要抱著希望比較好，這樣才不會又失望。

下午，他們從荷伊爾斯維達載著鹽巴和雜七雜八的東西回來時，他的願望卻恰巧實現了。在村子下頭水井不遠處，一群咯咯叫的雞圍著那女孩，她手裡拿著一個草碗，正撒著飼料給雞吃。「咯咯咯！咯咯咯！」

克拉巴特一眼就認出是她。車子經過時，他向她點個頭，看似很隨意地，因為不能讓裴塔爾覺察到。領唱的女孩也點個頭，友善，但只是像對個陌生人那樣不經意地：那些雞，她餵飼料的那些雞，對她來講十倍重要。

雞群裡頭踱出一隻漂亮、白中帶紅的花公雞，頻頻在她腳邊啄著穀粒。這一刻，克拉巴特真是羨慕那隻雞，如果能的話，他願意和牠交換。

今年的秋天比較長，但卻灰灰冷冷，霧多雨也多。他們利用幾天比較乾燥的日子，去運回冬天用的泥炭。其他時間他們在碾磨房、穀倉、畜廄、草料房或是柴房裡工作。每個不用冒雨到外頭工作的人，都很慶幸。

維克從春天起長高了不少，但還是瘦癟癟的。

「我們應該拿塊磚頭壓在他頭上，」安德魯西說，「這樣他才不會長得比我們高！」而史達希柯提議把他餵得像聖馬丁日要宰吃的鵝那麼肥，「因爲他肋骨那邊需要一些肥肉，屁股那邊需要點瘦肉，這樣看起來才不會像個麥草人！」

維克的下巴和上唇也長出了一些細鬚，不用說當然是紅褐色的。維克對此完全沒感覺，反而是克拉巴特很注意。他可以從維克身上觀察到，一個小孩如何在一年當中長大三歲。

聖安得烈日（十一月三十日）夜裡，降了今年的第一場雪，算是相當的晚。科澤沼地磨坊的伙計們又開始惶恐不安，他們又變得沉默寡言、難以相處，常爲了點小事就吵起來。一言不合拳腳相向的日子，一週一週增加。

克拉巴特想起去年這時候和彤大的談話。伙計們這次也是因爲他們裡頭有個人快死了，而非常害怕？

自己怎麼沒有早點想到這事?!他又不是不知道「荒地」和那排平坦的墳丘：七個或八個，或者更多？他沒算過。現在，他能理解他們的恐懼，也和他們有了相同的感覺。每個人，除了維克以外，都可能輪到。但是誰呢？又爲什麼呢？

克拉巴特不敢問其他人，連米歇爾他也不敢問。

他比以前更常把彤大的刀子掏出來，彈出刀身查看。刀刃是光亮的，每次都是，看來他自己似乎是沒有危險。但是，也許這種情況明天就會改變。

在柴房裡，已經放著一副棺材。聖誕夜前一天，克拉巴特要去拿些木柴時湊巧發現。棺材用篷布蓋住，要不是克拉巴特經過時撞到腳踝，根本不會注意到。

這棺材是誰做的？從什麼時候就備好放這裡？又是給誰用的呢？

這些問題揮之不去，接下來一整天他總是想著，一直到夢裡。

克拉巴特發現一副棺材，在柴房裡，一個松木棺材，用一塊車篷布蓋住。克拉巴特小心翼翼地打開棺蓋看一眼，裡頭是空的。

他決定把棺材砍個稀巴爛。他無法忍受有副棺材在那裡等著人。克拉巴特拿起斧頭砍。他把木板拆散，然後從上到下劈開木板，盡可能地劈，再劈成一小片一小片，要把它們裝進籃子裡，拿給尤洛當柴燒。

他看看四周找著籃子，忽然啪嗒一聲！棺材又合而爲一，完整如初。

克拉巴特又拿起斧頭猛劈，把棺材又劈得稀巴爛。才剛劈完，啪嗒一聲，棺材又在那裡了。

克拉巴特試了第三次，憤怒地劈了又劈，木片飛揚，直到變成一堆稀爛的碎片。但這又有什麼用呢？啪嗒一聲，棺材又完好如初，沒有裂縫，沒有劈痕：它等著那個人，那個注定要躺進去的人。

克拉巴特嚇得往外跑，跑到科澤沼地裡。風雪交加，視野模糊，克拉巴特不知道自己跑向何處。他怕棺材會追著他，跑了一陣子，停下來聽聽後頭。

沒有像木腳走路的叩叩聲，沒有低沉滾動的叩隆叩隆聲——像他所害怕的……。不過，在他前頭不遠處，卻有沙沙聲和扒土聲，像是有人在砂地上挖著，而砂地似乎結了冰。

克拉巴特順著那聲音往前走，來到了「荒地」。風雪中他看到一個人影，正在用鋤頭和鏟子挖坑。在那排墳堆的最後頭，靠近樹林邊。那裡，夏天時，他讓那朵剩餘的知更草花掉落的地方。克拉巴特覺得那個人影很熟悉，他知道是磨坊裡的伙計。但是哪一個？在風雪中他認不出來。

「ㄟ！你是誰啊？」他想喊。

但卻發不出聲音，一個字也迸不出來。他想往前走，卻也動不了，他的腳僵凍在地上，抬不起來。

「該死！」他心想，「我的腳癱掉了嗎？這幾步我得走過去……得走過去……得走！……」

他使盡全力，滿頭大汗，腳卻不聽他的使喚，不管怎麼用力，就是無法移動半步。雪一直下，一直下，漸漸把他埋住……。

克拉巴特滿身大汗醒來。掀開被子，脫掉汗濕的內衣，起身走到窗戶邊往外瞧。天色已亮，是聖誕節的清晨了。平安夜下了一場雪，他看到新踩的足跡，是走向科澤沼地。

他走往井邊，想洗個臉，看到米歇爾走過來。手上拿著鋤頭和鏟子，低著頭，拖著腳步，臉色蒼白。克拉巴特想和他說話，他手一擺。沒說一句話，兩人彼此心照不宣。

從那時起，米歇爾像是變了一個人。他不和克拉巴特接觸，也不和其他伙計接觸，就連對梅爾登也一樣。彷彿有道牆在他和他們之間，彷彿他已經遠遠離開他們。

如此，除夕到來。

磨坊師傅一整天都不見人影。夜幕垂得低低，伙計們上了床。

雖然克拉巴特決定要保持清醒，但還是像其他人一樣睡著了。午夜時，他醒來，豎起耳朵聽著。

屋子裡，低沉的「轟隆」一聲，然後一聲慘叫，又靜了下來。

虎背熊腰的大壯漢梅爾登，像個小男孩抽噎了起來。

克拉巴特蒙頭蓋被，手指緊緊摳進草褥裡，恨不得自己也死掉！

新年早晨，他們發現米歇爾倒在麵粉房的地上，懸掛在樑上的大秤桿掉下來，砸斷他的脖子。他們把他放到木板上，抬進雇工房裡，在那裡和他告別。

尤洛料理後事。他脫掉米歇爾的衣服，幫他清洗乾淨，小心地把他放進松木棺材裡，在頸下墊一束麥草。下午，他們把他抬到「荒地」，葬在靠近樹林邊，那排墳堆的最後頭。

他們匆匆埋葬了他，沒有在墳邊多待任何一刻。

只有梅爾登留下來。

第三年

「砰」一聲。忽然，死亡的慘叫：
「克拉巴特！克拉——巴巴——阿阿特！」
克拉巴特嚇壞了，槍掉下，
手遮住臉哭了起來……

黑人國王

接下來幾天，師傅都不在，這段時間磨坊也停工。伙計們在床上閒待著，或坐在暖爐邊取暖。科澤沼地的磨坊曾經有過一個叫做米歇爾的伙計嗎？連梅爾登都不去談他，只是從早到晚一語不發坐在那裡。直到新年晚上，尤洛把死者的衣物拿上來放在空床鋪的床尾時，他才回神過來。然後跑到草料房，在草堆裡睡了一夜。從那時起，他什麼事都漠不關心，什麼也看不見聽不到，什麼也不說不做，只是呆呆坐在那裡。

幾天來，同樣的問題一直折磨著克拉巴特的心思。彤大和米歇爾的死，很明顯地，絕非偶然。兩人都死在除夕夜。這到底是在玩什麼把戲？是誰在玩？根據什麼規則？

磨坊師傅直到主顯節前夕才回來。大夥已經上床，維克正要把燈吹熄，閣樓的門忽然打開，磨坊師傅站在門邊，臉色非常蒼白，像是抹了石灰一樣。他看了一圈，好像沒注意到米歇爾不見了。

「工作去！」他命令說。然後就離開，一整晚都沒再出現。

伙計們匆忙穿上衣服，衝向樓梯口。

裴塔爾和史達希柯跑往磨坊水塘，打開水閘放水。其他人衝衝撞撞跑進碾磨房，把穀粒倒進碾磨槽，開始讓碾磨機運轉。當碾磨機嘎嘎、咚咚、使勁地轟隆響後，伙計們才鬆了一口氣。

「又開始碾磨了！」克拉巴特心想，「時光又繼續往前……。」

午夜左右，工作結束。他們回到睡房時，看到原本屬於米歇爾的床褥，現在有人躺著：一個差不多十四歲的男孩。大家馬上注意到，以他的年紀來講，這男孩相當矮小。這個小個子有張黑臉，但耳朵紅紅的。伙計們好奇地圍著他，提著燈的克拉巴特拿燈照著他。小個子這時醒過來，看到十一個「幽靈」站在他床邊，嚇壞了。克拉巴特相信他認識這男孩，但在哪裡認識的呢？

「不用怕，」他對那男孩說，「我們是這裡磨坊的伙計。你叫什麼名字？」

「羅柏西。……你呢？」

「我是克拉巴特。這個是……。」

「克拉巴特？」黑臉小個子打斷他的話，「我以前認識一個人，也叫克拉巴特，不過……。」

「不過怎樣？」

「他年紀沒你那麼大。」

克拉巴特現在想起來了。

「那你就是那個從茅根村來的小羅柏西！」他喊出聲來，「因爲你打扮成黑人國王，所以抹得黑黑的。」

「對，」羅柏西說，「今年是最後一次，因爲從現在起我是這裡的學徒。」他自豪地說，伙計們聽了卻是另一番滋味。

隔天早上，羅柏西來吃早餐，穿著米歇爾的衣服。臉上的爐灰雖然洗掉了，但卻沒有完全弄乾淨，眼角和鼻子還殘留了一些。

「沒關係，弄得掉，」安德魯西說，「在麵粉房待個半天就行了。」

羅柏西餓壞了，像個餓鬼拚命吃了起來。克拉巴特、安德魯西、史達希柯和他共盛一個大碗公的粥，三個人都很訝異他到底會吃多少？

「如果你工作就像吃飯那樣，」史達希柯說，「那我們就可以飽食終日，閒閒無事了。」

羅柏西一頭霧水看著他。

「我應該少吃一點嗎？」他問。

「儘管吃！」克拉巴特說，「你還需要力氣工作呢！在這裡誰要是挨餓，是自己活該。」

羅柏西沒繼續吃，而是歪著腦袋瞇著眼睛打量克拉巴特。

「你可以當他哥哥。」

「誰的哥哥？」

「就是另一個克拉巴特的哥哥。我不是跟你說過，我認識一個也叫克拉巴特的。」

「哦，那個曾在斯汀沼地待過，後來在大帕特維茨把你們丟下的那個，是吧！」

「你怎麼知道？」羅柏西訝異地問，然後拍一下額頭，「原來就是你！你瞧，眞的是很容易看錯，」他大聲說，「我那時，好像是一年半以前，還以爲你最多大我兩歲。」

「是五歲。」克拉巴特說。

這時，門打開，磨坊師傅走進來，伙計們低頭縮腦。

「嘿！」他對著新來的學徒說，「你才剛來，話就那麼多，別習慣成了自然！」然後又對著克拉巴特、安德魯西和史達希柯說，「他得吃他的麥粥，而不是在那邊鬼扯，教教他！」

磨坊師傅走出去，砰一聲關上門。

羅柏西忽然覺得沒胃口了，聳肩低頭好一會。

當他抬頭看時，克拉巴特隔著桌子向他點個頭，雖然不明顯，但羅柏西似乎了解了：他知道自己現在在科澤沼地的磨坊有個朋友。

羅柏西也沒逃過早上麵粉房這一劫。

早餐後，磨坊師傅要他跟著走。

「難不成他的待遇會比我們好？」呂希克說，「反正一點麵粉灰也殺不了他。」

克拉巴特沒反駁。他想到彤大，想到米歇爾。如果自己要幫羅柏西的話，就不能引起呂希克的疑心，連一點小事也不行。

所以現在不能幫他什麼，小個子這早晨得自求多福。雖然他得在麵粉塵暴中揮著掃把，同時睫毛黏住、鼻子塞住。但自己什麼忙也不能幫，他就是得挨過這個早晨，只能這樣。

尤洛叫大家吃午飯時，克拉巴特已經等不及了，別人往飯廳衝，他跑向麵粉房，把門閂拿掉，打開門。「出來，吃午飯了！」

羅柏西坐在角落，手撐著腦袋，聽到克拉巴特叫他，嚇了一大跳，然後拖著掃把慢慢慢走出來，用大拇指朝後頭指了指。

「我沒掃完，」他主動說，「掃了一陣子後我就放棄了，在那裡坐著。你想師傅會不會把我趕走？」

「他沒道理趕你走。」克拉巴特說。

然後唸了幾句咒語，左手在空中畫一個五角星。麵粉房的塵灰揚起，就像是有風從四處的縫隙吹起來一樣，一股白煙飄出門外，越過羅柏西頭上，飄向樹林。

麵粉房乾淨明亮，連顆小小的灰塵都看不到。羅柏西目瞪口呆。

「你是怎麼弄的？」他問。

克拉巴特沒回答。

「答應我你不會告訴任何人。」他說，「現在我們進屋裡去吧，羅柏西，要不我們的湯會冷掉。」

晚上，羅柏西去睡覺後，磨坊師傅把伙計們和維克叫到他房間，就像去年主顯節晚上對待克拉巴特那樣，這次他們也按照磨坊行規和習俗對待維克。漢佐和裴塔爾爲維克作保，和師傅一問一答，然後師傅宣布紅頭髮的維克學滿出師。他用斧刃輕觸他的頭頂和肩膀，說：「以行會之名，維克……。」
安德魯西已經在走廊放著一個空麵粉袋，師傅一讓維克出來，他就把袋子罩上去，幾個人把這個剛出爐的伙計抬到碾磨房，準備徹底把他「脫皮去殼」。
「對他好一點！」漢佐提醒說，「別忘了他很瘦。」
「不管瘦不瘦，」安德魯西反駁說，「磨坊伙計可不能像裁縫那樣瘦弱不堪，他得多少挺得住才行。抓緊，兄弟們，讓我們動手吧！」
他們把維克又搓又揉，就像行業習俗那樣，但安德魯西這次要大家很早停手，比克拉巴特那次早很多。
裴塔爾把麵粉袋拿下來，史達希柯把麵粉撒在維克頭上，這樣他算是徹底碾磨過了，然後大家又抓住他，往上拋三次。
接下來，他得向大家敬酒。
「祝你健康，兄弟！」
「祝健康，兄弟！」
這個主題節晚上的葡萄酒並不比平常差，但因爲梅爾登的緣故，今天大家都高興不起來。白天他一聲不吭地工作，一聲不吭地吃飯，大家在揉維克的時候，他一聲不吭站旁邊；現在他坐在麵粉箱上，無動於衷，身體動也不動，像顆大石頭一樣。而且，似乎這世界沒有任何東西能讓他打破沉默。

「嘿！」呂希克說，「你那一副好像有人倒了你一身酸菜一樣！」他笑著把一杯酒遞過去，「喝個痛快吧，梅爾登，反正別給我們看那副『受難日』的臉！」

梅爾登站起來，一句話不說走上前，把呂希克手上的杯子打落地上。然後兩人對站凝視，呂希克開始流汗，眾人屏息看著。

麵粉房裡一片沉寂，就像是在墳墓裡。

這時他們聽到走廊傳來悄悄、猶豫的腳步聲。每個人，包括梅爾登和呂希克都看向門口。離門邊最近的克拉巴特過去把門打開，門口站著羅柏西，光著腳丫，穿著汗衫，裹著被子。

「是你？黑人國王！」

「是的，我……，」羅柏西說，「我一個人在閣樓睡，怕怕的。你們不去睡覺嗎？」

用翅膀飛

這個羅柏西！從第一天開始，大家就很喜歡他。連梅爾登也對他很友善，雖然沒跟他說話，但會用點頭、眼光或手勢表達出來。

對其他人，梅爾登還是保持距離。他工作照做，不會倔著，也不會不聽指示，不管是磨坊師傅的還是伙計頭的。但他就是不說話，不跟任何人，也不在任何時候，就連星期五晚上，磨坊師傅問他魔法書的內容，他也不吭一聲，就像從新年那天以來一直如此一樣。磨坊師傅心平氣和，「你們知道，」他對大家說，「要不要學魔法、願不願意努力學，是你們自己的事，我無所謂！」

克拉巴特擔心著梅爾登，他覺得自己應該試著和他談談看。過了幾天，克拉巴特、裴塔爾，還有梅爾登在穀倉翻穀子，他們才剛開始做，漢佐就來把裴塔爾叫去馬廄。

「你們兩個先繼續做！待會下頭誰有空，我就讓他上來。」

「沒問題。」克拉巴特說。

他等漢佐和裴塔爾離開，門關上後，把穀鏟子放一邊，走過去把手搭在梅爾登肩上，說：「你知道米歇爾曾經跟我說過什麼嗎？」

梅爾登轉頭看著他。

「人死了就死了。」克拉巴特說，「他跟我說了兩次，第二次他還說，死在科澤沼地這個磨坊的人，會被忘記，就像他從來沒有存在過一樣，只有這樣才能讓其他人活下去，而也得活下去。」

梅爾登靜靜聽他說完，沒吭聲地把克拉巴特的手從自己的肩膀拂開，繼續做他的工作。

對於梅爾登的事，克拉巴特不曉得該怎麼辦。應該怎麼做好呢？如果彤大在的話，一定能給他好意見，或許米歇爾也可以？但克拉巴特現在卻是孤獨一人，只能靠自己想辦法，這並不容易。

還好，至少還有羅柏西和他作伴！

這小孩過得不比之前任何一個學徒好，要不是克拉巴特幫忙，他在磨坊剛開始的這段時間，根本撐不過去。

克拉巴特知道怎麼安排，讓自己有時在工作時碰到他，不是太多，而且看似湊巧。他站在那小孩旁邊，兩個人說幾句話，他把手搭在他肩膀上，讓力氣灌注到他身體裡：

按照彤大的方式，用他自己星期五晚上學來的魔法。「別讓人看出來！」克拉巴特再三提醒，「小心別讓師傅知道，還有呂希克也不行，他什麼都會跟師傅講。」

「你幫忙我是不准的嗎？」羅柏西問，「如果有人發現你這樣做，會怎樣呢？」

「這你不用操心。」克拉巴特回答說，「重要的是，你別讓人看出來。」

羅柏西雖然年紀小，但馬上了解到什麼是重要的。他裝得很好，幹什麼活都哀聲嘆氣一副可憐樣，但其實沒那麼嚴重。只有他們兩人知道他是裝出來的。每天晚上吃飽後，他回閣樓睡覺時，總是一副連樓梯都快爬不上去的樣子；每天早上吃早餐時，他又顯得一副疲累樣，就像是馬上會從椅子上跌下去似地。

但他不只是腦袋靈光、演技精湛，也是個懂事的小孩。這可從兩個星期後，他正辛苦地要把磨坊後的一堆冰鑿掉，克拉巴特過來幫忙時，得到證明。

「我想問你一點事情，」羅柏西說，「你會回答我嗎？」

「如果能的話……。」克拉巴特說。

「從我來磨坊後，你一直幫我。」羅柏西說，「而且還不能讓師傅知道，要不你就會有麻煩。肯定是這樣，這我用膝蓋想也知道……。」

「你想問的就是這個嗎？」克拉巴特打斷他的話。

「不是，」羅柏西說，「我現在才要問。」

「那你要問的是什麼？」

「告訴我，我該怎麼謝謝你的幫忙。」

「謝謝？」克拉巴特不以爲然，正想做個手勢表示不用，但隨即心思一轉，說：「有天我會告訴你兩個朋友的事，彤大和米歇爾，兩人都已經死了。如果你到時認眞聽我說，就算是謝謝我了。」

一月末，開始融雪，比預想的來得快速兇猛。昨晚科澤沼地還天寒地凍，今早已吹起西風，對這季節來講，實在太暖和了。陽光照耀之下，雪在幾天內幾乎都融掉，突然得讓人驚訝。只剩這裡那裡的水溝、窪坑、車痕跡裡，還留有些許灰色的殘雪。但這又怎麼能跟褐色的草地，黑色的田鼠土堆，枯草下絲絲點點的新綠相比呢！

「彷彿復活節的天氣！」伙計們說。

溫暖的西風越來越耗損他們的元氣，他們覺得疲倦散漫、心煩意躁，或是像安德魯西說的：「像喝醉酒一樣。」

這陣子他們睡得不很安穩，夢見一些奇奇怪怪的，還大聲說夢話。有時會醒來好一陣子，輾轉反側睡不著。只有梅爾登不會翻來覆去，他躺在床上動也不動，夢話也不說。

這些日子裡，克拉巴特常想到那個領唱的女孩。他決定要在復活節的時候跟她說話，到那時還有好一段時間，他知道，但不管走到哪裡，腦子裡卻一直想著這件事。

近來這幾個晚上，他有兩、三次夢到自己要去找她，但總是沒有到達她那裡，之間總有什麼事發生，但醒來後他又記不得是什麼事。

夢的開始部分，他記得很清楚。在一個很好的時間點，他逃出磨坊，沒人看到，沒人覺察到。他沒有走平常的路到黑崑崙，而是選了沼澤裡那條小路，就是彤大那次帶他從泥炭場走回磨坊的那條路。到這裡爲止，他記得很清楚，但後來的就不知道了。這可眞折磨他。

有一晚，他在颼颼的風號聲中醒來，一心想把那個夢再作下去。他一再重複想著夢的開端，三次、四次……六次，直到又睡著。這一回，他終於把夢作完。

克拉巴特從磨坊逃走。在一個很好的時間點，他溜出去，沒人看到，也沒人覺察到。他想去黑崑崙那個領唱的少女那裡，他沒走平常走的路，而是選擇穿過沼澤那條小路，也就是彤大有次帶他從泥炭場走回磨坊的那條路。

在沼澤林裡走了一陣子後，忽然濃霧瀰漫，奪走他的視線，克拉巴特在不踏實的地面上，猶豫地摸索前進。

走叉了嗎？

忽然他發覺，泥沼緊緊吸住他的腳跟，每走一步，就越往下陷，到腳背，……腳踝，然後一下子就快到小腿肚。他一定是陷在一個沼澤坑裡了。他越是使勁想要走回到踏實的地面，就沉得越快。

他感覺得到，冰冷黏稠的黑色泥沼已經吞沒他的膝蓋、大腿，然後臀部：很快他就要完蛋了。

趁還沒陷到胸部，他開始大叫救命。雖然他知道意義不大，又有誰會聽到他在這裡叫？但是他還是拼命喊，聲嘶力竭地喊。「救命啊！我要沉下去了，救命啊！」

霧變得更濃厚。兩個人影已經走到他前面幾步，他才看出來。他相信自己看到的是彤大和米歇爾，「等下！」他喊，「別過來，這裡是個沼澤坑！」

很奇怪地，那兩個人影突然合而爲一。人影丟過來一條繩子，前頭綁著一根橫木。克拉巴特緊緊抓住，然後感覺到那個人把他拉出沼澤坑，到踏實的地面上。

就這麼一下子，比克拉巴特想像來得快。現在他站在救命恩人的面前，正要感謝他。

「不用了。」尤洛說。這時克拉巴特才看出是他，是尤洛救了他。

「如果你下次還要去黑崑崙的話，最好用飛的。」

「飛的？」克拉巴特問，「什麼意思？」

「就是說，像用翅膀那樣飛。」

尤洛只回答了這樣，然後就消失在霧中。

「飛……，」克拉巴特念頭轉著，「用翅膀飛……。」他很訝異自己怎麼沒想到這點。

他馬上變成一隻烏鴉，就像每星期五做的那樣。然後騰空而起，幾個振翅，越出霧中到了上空，飛向黑崑崙。

陽光照耀著村子。在他腳下，他看到那個領唱的女孩站在下坡的井邊，拿著一個草碗，正撒著穀粒餵雞。這時，一道黑影從他頭上掠過，尖銳刺耳的鷹叫聲傳進他耳朵，緊接著是颯颯的呼嘯聲，他趕緊猛地飛向右邊。

千鈞一髮，蒼鷹擦身而過，撲了個空。

克拉巴特知道這是生死關頭。趕緊收翼，快如飛矢，降到地面，落在領唱女孩的腳邊，在飛散開來的雞群中，他回復人身，現在安全了。

他瞇眼看向天空。蒼鷹消失不見，也許是掉頭飛走了。

忽然磨坊師傅站在井邊，憤怒地朝克拉巴特伸出左手。「跟我走！」他蠻橫地說。

「爲什麼？」領唱的女孩問。

「因爲他是我的！」

「不！」她說，只有這麼一個字。而且是堅決的「不」，沒有什麼「但是」或「如果」。

她摟住克拉巴特的肩膀，用她的羊毛披肩裹住他。柔和溫暖，就像一件大衣一樣。

「來，」她說，「我們走。」

兩人頭也不回，一起離開。

逃

隔早，梅爾登不見了。他的床整理過，被子疊得整整齊齊放床尾，工作服和圍兜掛在櫃子裡，木鞋在矮凳下面。沒人看到他離開，直到他沒來吃早餐，大家才發現他不見了。伙計們驚訝不已，找遍了磨坊，卻不見他的人影。

「他逃走了。」呂希克說，「這得去跟師傅報告。」

漢佐擋住他的路。

「這是伙計頭的事，這你應該知道吧。」漢佐說。

大家以爲師傅聽到梅爾登消失的消息後，會大發脾氣，會叫喊咒罵，但都沒有。

中午吃飯時，漢佐跟大家說，師傅反而像是沒把事情看得很嚴重。「梅爾登這傢伙瘋了。」他只是這麼說。然後問他現在要怎麼辦？他回答說：「放心，他自己會回來！」說這話時，師傅使了個眼色，而這比怒罵一千聲還糟糕。

「我心裡冷得發毛，像是結了冰一樣。唉，希望梅爾登不會怎樣！」漢佐跟大家解釋說。

「什麼跟什麼！」呂希克說，「誰要是從磨坊逃走，就應該知道自己惹了什麼麻煩。再說，他那種虎背熊腰的身子，總該撐得住吧！」

「你這麼認爲？」尤洛問說。

「那可不！」他握拳捶桌，強調地說。

「啪！」湯從碗裡濺出來，濺在他臉上。他哀聲大叫，因爲湯又稠又燙。

「是誰幹的?!」他喊說，邊擦著眼睛和臉頰，「是哪個傢伙?!」

很明顯地，伙計們裡頭有人用這種方式教訓了呂希克。只有頭腦單純的尤洛沒這麼想，他倒是覺得可惜了好湯。

「呂希克，」他說，「你下一次不應該打桌子，至少不應該這麼用力！」

就像克拉巴特擔心的那樣。梅爾登在天剛黑時回來了，一言不發站在門口，頭低低的。

磨坊師傅在大家面前「迎接」他。沒有怒罵，只是冷嘲熱諷：這次小小的遠足怎樣啊？不喜歡沿途那些村莊嗎？要不怎麼這麼早就回來？還是有什麼其他的讓你又回來了？

「你不想跟我說嗎，梅爾登？我注意到你有好幾個禮拜沒說話了，我也不會逼你開口。如果你還想逃的話，我也無所謂，儘管試吧！你喜歡就試！不過你也別欺騙自己了，梅爾登。到現在爲止，沒人能做得到的，你也不可能做得到！」

梅爾登面無表情。

「儘管裝吧。」磨坊師傅說，「裝得好像沒逃成功，對你沒怎麼樣！我們，我和這裡這十一個人，」他指著伙計們和羅柏西，「我們都看得一清二楚。好，你可以走開了！」

梅爾登上床睡覺。

伙計們，除了呂希克以外，這晚的心情都很差。

「我們應該勸勸他，叫他不要再逃第二次。」漢佐提議說。

「那就勸吧！」史達希柯說，「不過我看是不太有用。」

「看來是這樣。」克拉巴特說，「我想他恐怕是聽不進去。」

夜裡，又變了天。早晨他們走出屋子，外頭無風，但冰冷寒峭。窗戶結了冰，井旁水槽邊緣結了冰，周遭的水窪也結了冰。鼴鼠鑽出來的小土堆凍成了冰坨，地面硬得像石頭一樣。

「這下秧苗可糟了。」裴塔爾說，「沒有雪，現在又這麼冰凍，田裡的苗會凍死很多。」

克拉巴特很高興看到梅爾登和大夥一起來吃早餐，而且吃很多，顯然是要把昨天的補過來。然後大家去工作，沒人注意到梅爾登又溜出了磨坊，這一次是在大白天。到了中午，大夥來吃午飯，才知道他又不見了。

兩天兩夜，梅爾登都沒回來。這是破紀錄，比之前任何一個逃走的都還久。大夥希望他已經逃出去了。但第三天早上，他東倒西歪從草地那邊走過來：疲累、凍得發紫、臉色驚恐。

克拉巴特和史達希柯幫他開門，把他帶進雇工房。裴塔爾幫他把一隻鞋子脫掉，奇托幫他脫掉另一隻。漢佐叫尤洛拿一盆冰冷的水來，把梅爾登凍著的腳放進去，開始搓揉。

「我們得盡快把他帶到床上，」他說，「希望他不會怎麼樣！」

伙計們正忙著照顧梅爾登時，磨坊師傅走進來，看了好一會。這次他沒冷嘲熱諷，他等伙計們要把梅爾登帶到閣樓上時，開口說：

「你們把他帶走前，我有句話要說。」然後他靠近梅爾登，「兩次，我想也夠了，梅爾登。這裡沒有能把你帶出去的路，你逃不出我掌心的！」

梅爾登在這早晨又選了第三條路，就他的想法，是最後一條路。沒人預感到。大家把他帶到睡房，給他喝了熱東西，讓他躺下，用被子把他裹住。漢佐留在閣樓，坐在旁邊的床看著，確信他已經睡著沒事後，才下樓去碾磨房和大夥一起工作。

克拉巴特和史達希柯這幾天正忙著給磨石打磨槽，已經做完四個石磨組，今天要做第五個。他們正要把邊板拿掉，好搬動石磨時，羅柏西衝進來，臉色雪白，眼睛嚇得圓滾滾的。

他揮舞手臂，拚命叫喊，看起來叫的似乎都是同一句話。漢佐把碾磨機關掉，不再轟隆轟隆響，大夥才聽清楚他在叫什麼。

「他上吊了！」羅柏西喊說，「梅爾登上吊了！在草料房裡！快來，快來！」

羅柏西帶他們到他發現梅爾登的地方，在草料房最後頭角落，梅爾登從屋樑吊下來，脖子纏著一條拴小牛犢的繩子。

「快把繩子割斷！」史達希柯第一個發覺梅爾登還活著，「快把繩子割斷！」

安德魯西、漢佐、裴塔爾和克拉巴特，幾個身上有刀子的，都趕緊掏出刀子，但卻都近不了身。梅爾登像是被魔法包圍住，他們最多只能靠近到離他三步遠，要再往前一點點都不可能，就像腳底被膠黏住了一樣。克拉巴特用拇指和食指抓住刀尖，對準了丟過去，刀碰到繩子，但卻無力地落下來。

有人笑出聲來。是磨坊師傅。他走進來，看著那些伙計，就像他們是一堆廢物一樣。他俯身拾起刀子。

一割，然後低沉的碰撞聲。像一大袋破布一樣，上吊的梅爾登軟弱無力地落在地上，在磨坊師傅的腳邊，像臨死的人那樣喘著氣。

「沒用的東西！」磨坊師傅滿臉憎惡地說，把刀子扔在地上，往梅爾登身上啐了一口。伙計們都覺得自己也被吐了口水，每個人都這樣。而磨坊師傅接下來說的，他們也能感覺得到，是針對他們所有人，沒有任何一個是例外。

「誰在磨坊裡死，由我決定！」他大聲說，「只有我！」

他離開，伙計們趕緊過去幫梅爾登。漢佐把梅爾登脖子上的索套解開，裴塔爾和史達希柯把他抬回閣樓。

克拉巴特拾起彤大的刀子，要放回口袋之前，他用一束麥草把刀柄擦了擦。

雪中秧苗

梅爾登病了，病了好一陣子。剛開始時是發高燒，脖子腫脹，呼吸困難。最初幾天，他一點東西也沒辦法吃，後來有時能喝口湯。

漢佐派人輪流看著他，白天總有人在他身邊。有一陣子，晚上也有人看護著，怕他發燒意識不清，又會對自己怎樣。大家都同意，意識清楚時，他是不會再上吊或用什麼其他方式自殺——因爲磨坊師傅不會允許有人用這種方式離開科澤沼地的磨坊。

「誰在磨坊裡死，由我決定！」

磨坊師傅的話，深深印在克拉巴特心裡。

這不就是答案嗎？不就是從除夕夜以來，他一直想著的問題「誰該對彤大和米歇爾的死負責」的答案嗎？

但仔細想來，這只是他得到的初步線索，如此而已，不多也不少。

無論如何，等有一天一切都清楚後，他得向磨坊師傅討回這筆債，這點他很確定。

在那之前，他不能讓磨坊師傅察覺出來。他得表現得一副無事樣，乖乖順從，好像什麼都不知道。但現在就得開始爲算帳那一天做準備，得更加倍努力學好魔法。

二月這些日子，無雪，但嚴寒持續。伙計們每早又得到引水槽裡，把結在底下的冰鑿掉。他們總是邊做邊咒罵這樣的天氣，這樣一個在不按牌理出牌的「復活節天氣」之後出現的酷寒。

幾天之後的一個中午，三個男人從林子那邊往磨坊這裡過來。其中一個高大結實，正是年輕力壯的盛年，就像人們形容的。另外兩個是老人，白鬍皺臉。

最先看到他們的是羅柏西。他總是眼睛溜溜轉，沒什麼會輕易錯過。「有人來了！」他對正要去吃午飯的伙計們喊說。

現在他們也看到那年輕人和那兩個老人。三個人從黑崑崙那條路走來，農人打扮，穿著牧羊人大衣，冬帽壓得低低的。

自從克拉巴特來到科澤沼地，從沒見過有鄰近村莊的農夫迷路走到這裡來。這三個人顯然也不是，他們直直朝著磨坊過來，並且請求進入。

漢佐幫他們開門，伙計們好奇地擠到玄關。

「你們有什麼事？」

「有事找磨坊主。」

「我就是。」

伙計們都沒發覺師傅從房間出來，他走到那三人面前。「什麼事？」

高個子那個脫下帽子。

「我們是黑崑崙來的，」他說，「我是那裡的村長，這兩位是我們村裡的長老。我們問候你。……請你聽我們說，科澤沼地的磨坊主，是這樣，因爲……。不過，我想你應該也不會奇怪，如果……。」

磨坊師傅盛氣凌人地打斷他的話。

「有話直說！你們來這裡幹嘛？別拐彎抹角！」

「我們想請你幫忙。」村長說。

「什麼事？」

「嚴寒冰凍，田裡沒有雪……，」村長轉著他的帽子，「如果幾天內不下雪的話，秧苗會死掉……。」

「這跟我有什麼關係？」

「我們想請你幫忙降雪，磨坊主。」

「幫忙降雪？你們怎麼會這麼想？」

「我們知道你有辦法降雪。」村長說。

「我們不是要你白白幫忙，」其中一個老人說，「我們會付你一百二十個雞蛋，五隻鵝，還有七隻雞。」

「但是你一定要降雪，」另外那個老人說，「要不我們會沒收成，到時我們就得挨餓……。」

「我們，還有小孩。」村長補充說，「請你發發慈悲，黑水溪的磨坊主，讓雪降下來！」

磨坊師傅用大拇指指甲撫弄著下巴。

「這些年來，你們從來沒來見過我。現在需要我了，就忽然出現了。」

「你是我們最後的希望。」村長說，「如果你不降雪給我們的話，我們就完了。你不能這樣，磨坊主，你不能不幫我們！我們像祈求上帝那樣給你跪下來！」

三個人跪下去，低頭捶胸。

「請答應我們！」他們哀求，「請答應我們！」

「不行！」磨坊師傅依然冷酷無情。「回去吧！你們的秧苗干我何事！我，還有他們，」磨坊師傅指著伙計們，「不會挨餓，我們不會！這我會負責，就算沒有雪也可以。你們這些種田的無賴，別拿什麼雞蛋、鴨鵝的來纏我！餓死就餓死，那是你們的事！我不會爲你們動一根手指，不會爲你們也不會爲你們的小孩！別想指望我做這個！」

「你們呢？」村長轉向伙計們。「你們也不肯幫我們嗎？伙計大爺們，發發慈悲幫幫忙吧，幫我們那些可憐的小孩！我們會報答你們的！」

「這傢伙瘋了！」呂希克說，「我要放狗了，唆——，唆——！」

他用兩根手指吹出哨聲，尖銳刺耳，伙計們都受不了。然後一陣狂吠的狗叫聲，此起彼落，全是非常兇惡的嚎叫。

村長跳起來，帽子掉在地上。

「快，」他喊說，「會咬死我們！快跑，快跑！」

他和那兩個老人，抓起大衣，跑出磨坊，越過草地，從他們來的森林那邊消失。

「幹得好！」磨坊師傅說，「幹得好！呂希克。」他拍拍他肩膀，「甩掉這三個麻煩的了。我敢說，他們這陣子不會再來了。」

克拉巴特很生氣，也很同情村長和兩位長老。他們三個人又沒做什麼壞事，師傅爲什麼拒絕幫忙？又不用花費什麼，頂多只是翻一下魔法書，唸幾句咒語罷了。可惜克拉巴特並不會這樣的魔法和咒語。

怎麼降雪，師傅還沒教過他們。

眞遺憾，要不克拉巴特會樂意幫他們。裴塔爾想必也會這麼做，還有漢佐和其他幾個伙計也會。

只有呂希克樂於見到師傅拒絕幫忙。他很驕傲自己有辦法施展魔法，讓那三個人以爲眞有狗會追咬他們。

不過，他的幸災樂禍也不是沒有後遺症。那天夜裡，呂希克大聲哀號地嚇醒過來，伙計們問他到底在鬼叫什麼，他牙齒顫得咯咯響，訴苦說：他夢到一群黑色的洛威那犬攻擊他，快要把他咬成碎片。

「哦，眞的啊！」尤洛很同情地說，「還好只是一個夢！」

這一夜，呂希克又作了五次同樣的夢，每次都嚇得大叫，伙計們被他吵醒那麼多次後，再也受不了，把他趕出睡房。

拿著你的被子，呂希克，去草料房睡！你可以在那裡作你的狗夢，隨便你作幾次，想怎麼害怕就怎麼叫，只要我們不用聽到就行了！」

早晨，伙計們得先揉揉眼睛，才敢相信他們看到的：外頭一片雪白。夜裡下了雪，現在還在下，大片、絨毛似的雪花。如此又下了兩、三個小時，這下黑崑崙和科澤沼地周遭的農夫應該會滿意了。

難道是磨坊師傅改變心意，決定幫他們？

「也許是尖帽子降的雪，」尤洛說，「也許那些農夫碰到他。我相信他不會拒絕幫忙。」

「尖帽子?!」然後大家同意他的話，「沒錯，尖帽子一定不會拒絕。」

但做這件事的並不是尖帽子。因爲到了中午，眼明的羅柏西又看到那三個人來了。黑崑崙的村長和兩位長老駕著馬拉的雪橇，在午飯時刻帶來他們認爲虧欠磨坊師傅幫忙的東西：五隻鵝、七隻雞、一百二十個雞蛋。

「科澤沼地的磨坊主，我們感謝你！」村長深深一鞠躬說，「感謝你憐憫我們的孩子。你知道我們不是有錢人，我們帶來的一點點謝意請你收下。願上蒼會再補償你！」

磨坊師傅表情不悅地聽著。然後費力地——伙計們都看得出來——故作鎮定地說：

「我不曉得是誰幫你們的忙，總之不是我，這樣明白了吧！把你們的東西放回雪橇上，給我滾！」

他沒再理他們，轉身走回黑色小房間，伙計們聽到他把門閂上。

村長和兩位長老拿著謝禮，不知如何是好地站那裡，就像是他們田裡的穀物被冰雹打壞了一樣。

「來！」尤洛說，他幫他們把東西放回雪橇上，「回黑崑崙吧，回到家後，喝一、兩杯燒酒，然後把一切都忘掉。」

克拉巴特看著那三個人坐著雪橇離去，消失在森林那邊。好一陣子還可以聽到雪橇鈴聲、鞭子聲，還有村長趕馬的吆喝聲。

我是克拉巴特

雪融，春天到來。克拉巴特拚命學魔法，像著了魔似地。他已經超過其他學生了。師傅很稱讚他，對他在魔法上的進步顯得很滿意。但磨坊師傅似乎不知道，克拉巴特一學、再學、努力地學，只是要爲有朝一日的決鬥做好準備，爲了算帳的那一刻。

在復活節前的第三個星期天，梅爾登終於又能站起來。他坐在柴房後頭曬太陽。蒼白、消瘦，陽光幾乎能照透過去。而他的脖子，現在看得很清楚了，變得歪歪的。不過，他總算又開始說最簡單、必要的話了：「是」、「不」、「給我」或「不用」。

聖週五受難日那晚，磨坊師傅也讓羅柏西加入魔法學校。當師傅把他變成烏鴉時，這小孩有說不出的驚訝。他高興地呼呼飛過房間，翅膀前端碰到骷髏頭和魔法書。師傅「呿！」了三次，他才降落在桿子上：一隻細瘦、滑稽、眼睛小小有神、羽毛豎著的黑色小鴉。

「這是在意念中和別人說話的魔法，別人能聽到、了解，就像出自那人自己的內心一樣……。」

伙計們今晚不太能專心聽師傅講，因爲羅柏西老是讓他們分心。大家看他眼睛溜來溜去、脖子扭來扭去、翅膀拍來拍去的樣子都覺得很好玩。師傅唸魔法書，就讓他去唸吧！

但克拉巴特則沒錯過任何一個字。

他知道新的這一課有多重要，對他和對領唱的女孩來說。咒語的每一個字都印在他心裡。入睡前，他在床上一遍又一遍默唸，直到確定自己再也不會忘記。

聖週六天黑後，師傅又派他們出去拿記號回來。一樣是數人頭配對，最後剩下的是克拉巴特和羅柏西，磨坊師傅照樣又是唸了幾句無法理解的咒語後，讓他們離開。

克拉巴特已經把毛毯準備好放柴房，因爲傍晚開始陰霾起來，看來會下雨的樣子，所以他替每人準備了兩條。兩個人是最後離開磨坊的，所以克拉巴特一直催羅柏西走快點，他怕另外的伙計會搶先去了「波伊梅爾死地」。但到達那裡後，顯示他的擔心根本沒有必要。

在樹林邊，他們撿了些樹皮、樹枝，生了個小火。

克拉巴特解釋給羅柏西聽，爲什麼他們來這裡，還有他們得在火堆旁守夜度過這個復活節前夕。

羅柏西裹在毯子裡抖嗦著說，還好他不是得一個人坐在這裡，要不他說不定會嚇死，然後這裡某個地方又得立個十字架，雖然是個比較小的……。

他們談到魔法學校和上課的一些規定。沉默一會後，克拉巴特開始談起彤大和米歇爾的事。

「我告訴過你，有天會跟你說他們兩人的事。」

他說著說著，意識到自己這些日子來，已經變成另一個彤大了，至少對坐在火堆另一邊的羅柏西而言。

原本他並不打算談到彤大和米歇爾最後的死，但說著說著，他也談到埋葬在絲角村墓園的芙秀菈，和彤大認為科澤沼地磨坊的男孩會帶給女孩子不幸。他越說下去，就越覺得羅柏西當然有權利知道他先前沒打算告訴他的。如此，克拉巴特把彤大和米歇爾的事都說了。只有彤大那把刀子會變色的祕密他沒提，因為擔心會損害到刀身具有的魔力。

「你知道是誰害死彤大和米歇爾的？」羅柏西問。

「我大概知道，」克拉巴特說，「等事情完全清楚後，我會算這筆帳！」

接近午夜，飄起細雨，羅柏西用毯子包住腦袋。

「別這麼做！」克拉巴特說，「要不你會聽不到鐘聲和村裡傳來的歌聲。」

沒多久，他們聽到遠處的鐘聲和黑崑崙傳來領唱少女的歌聲，她的和其他少女交替的歌聲。

「很好聽。」過一會羅柏西說，「爲了聽這個，淋濕了也沒關係。」

接下來幾個鐘頭，兩人沉默不語。羅柏西知道克拉巴特不想說話也不想被打擾。對他來講，要像克拉巴特那樣靜靜坐著並不難，在聽了彤大和米歇爾的事情後，夠他思考個至少半個夜晚。

少女們唱著，鐘聲響著。

過一陣子，雨停了。克拉巴特並沒注意到，這時刻對他來講，既沒有風也沒有雨、既沒有冷暖也沒有光和暗；對他來講，現在只有那個領唱的女孩，她的聲音、她的形影，她映照在復活節燭光中的那雙眼睛。

克拉巴特這次已經下定決心，不再神遊出去。師傅不是已經教了他們，在意念中和其他人說話的魔法？「別人能聽到、了解，就像出自那人自己的內心一樣。」

快破曉時，克拉巴特輕聲唸著新學會的咒語，眼觀鼻，鼻觀心，所有意念凝聚在那女孩心上，直到感覺已經和她心意相通了，他開始跟她說話。

「領唱的少女，有人請求妳聽他說話。妳不認識他，但他已經認識妳很久。」克拉巴特說，「今早妳拿完復活節聖水後，在回家的路上，想辦法走在其他女孩的後面。妳得自己一個人走，因爲那人想見妳，但他不希望其他人看到，因爲那只跟妳還有他有關，和世界任何其他人都無關。」

克拉巴特用同樣的話向她懇求了三次。然後黎明到來，歌聲和鐘聲停止。現在他得教羅柏西畫五角星。他把十字架的兩塊小木片前端放入火苗裡燒焦，彼此用木片完成畫記號的事。

回程時，克拉巴特非常急，就像是非得第一個回到磨坊不可。羅柏西的短腳幾乎跟不上。

快到科澤沼地，在第一個灌木叢的地方，克拉巴特停下來。他在口袋裡找了找，拍一下腦袋，說：

「掉在木十字架那裡了……。」

「什麼東西？」

「刀子。」

「彤大給你的那把刀子？」

「對，彤大給的那把。」

羅柏西知道那把刀子是彤大給他的唯一紀念物。

「那我們得回頭去找回來！」他說。

「不，」克拉巴特說，心裡希望著羅柏西不會看穿他的把戲。「我自己跑回去找就行了，這樣比較快。你可以坐在樹叢下等我。」

「眞的沒關係嗎？」小個子把一個哈欠壓下去。

「眞的沒關係。」

羅柏西坐在樹叢下濕濕的草地上，克拉巴特趕到那女孩取完復活節聖水後，回家會經過的地方，閃身躲在旁邊樹叢裡。

沒多久，女孩們拿著陶壺，一長列地經過，克拉巴特沒看到領唱的女孩在隊伍裡。顯然她聽到、也了解了他從遠處向她懇求的。

女孩們消失後，他看到她走過來，一個人，羊毛披肩緊緊圍著。克拉巴特走出來，靠近她。

「我是克拉巴特。科澤沼地磨坊的伙計。」他說，「妳不用害怕。」

領唱的女孩看著他的臉，很冷靜，就像是等著他出現。

「我認得你，」她說，「因爲我夢見過你。夢到你，和一個對你有惡意的人。但我們沒有理他，你和我。從那時起，我就等待著和你見面。現在你來了。」

「我來了。」克拉巴特說，「但我不能待太久，他們在磨坊等著我。」

「我也一樣得回家。」領唱的女孩說，「我們還會再見面嗎？」

她用披肩的一角沾了壺裡的復活節聖水，默默地擦掉他額頭上的五角星，溫柔、緩慢，就像理所當然。

克拉巴特覺得像是身上的髒污被去掉了一樣。他對她有無限的感激：她的存在，她站在面前，她如此看著他。

彷彿活在夢中

羅柏西在樹林邊的灌木叢下睡著了。克拉巴特叫醒他時，他張大眼睛問說：「找到了嗎？」

「什麼？」

「刀子。」

「哦，有。」克拉巴特說。

他讓羅柏西看彤大的刀子，把刀身彈出來。是黑的。

「你應該用砂紙磨一磨，」羅柏西說，「再好好地上油，最好用狗油。」

「是啊，」克拉巴特說，「我是該這麼做。」

然後他們趕緊上路回去。半路上，兩人遇到維克和尤洛，他們去了「殺人十字架」，也回來得晚了些。

「嗯，」尤洛說，「下雨前不曉得能不能回到磨坊？」他邊說邊看著克拉巴特，好像他少了什麼似地。

那個五角星！

克拉巴特慌了。如果他沒有這個記號就回去磨坊，師傅一定會起疑心，一定會。這樣他們兩人就糟糕了，還有對那領唱的女孩也是。

克拉巴特在口袋裡找看有沒有燒焦的木片，但沒有，這他其實也知道。

「快！」尤洛催促說，「快跑！要不回去太晚會挨罵！」

他們出了樹林，要跑向磨坊時，忽然天昏地暗，一陣狂風把維克和克拉巴特的帽子吹走，大雨劈劈啪啪打下來，羅柏西尖聲怪叫。

四個人渾身濕透回到磨坊。

師傅已經很不耐煩等著。他們低身穿過牛軛，然後也被賞了耳光。

「你們的記號呢？被鬼拿走了嗎？」

「記號？」尤洛指著自己的額頭說，「在這裡。」他把額頭讓師傅看。

「什麼也沒有！」磨坊師傅吼說。

「那一定是被該死的大雨淋掉了……。」

磨坊師傅猶豫了一下，好像在考慮什麼。「呂希克！」他命令說，「從爐子裡拿塊木炭來，快！」

磨坊師傅在四個人的眉心上方畫上線條粗重的五角星，他們覺得燙得像火燒皮膚一樣。「工作去！」

這個早晨他們得比以前苦幹更久更累。過了很長時間後，終於克拉巴特他們四個人的記號也被汗水溶化掉。然後是時候了，這次是羅柏西，矮小的羅柏西，一晃身就能把重重一大袋的穀物扛上肩膀。

「哇！」他大喊，「你們瞧，我變成大力士了！看，工作現在對我有多容易！」

接下來這一天的時間，他們吃復活節蛋糕、喝酒、唱歌、跳舞，還有說故事，包括尖帽子的故事。已經醉得差不多的安德魯西，開始發表高論，他說所有磨坊伙計都是上道的，所有磨坊老闆都應該被趕到地獄，趕到最深一層的地獄。

「讓我們爲此乾杯！」他喊，「還是有人不同意？」

「同意！」每個人都舉杯，除了史達希柯以外，他大聲說反對！

「趕到地獄？」他大叫，「不，撒旦應該自己來把他們抓走！把他們每一個人的脖子咯啦一聲扭斷！這是我的意見！」

「你說得對，兄弟！」安德魯西摟住他肩膀。「你說得對，讓魔鬼把所有磨坊老闆都抓走——我們師傅是第一個！」

克拉巴特坐在角落一個位子，離大家不算遠，這樣才不會有人說他不願和大夥在一起。但他的確是想一個人在喧鬧的邊緣靜一下，當大夥唱歌、笑鬧、發表高論的時候，他想著那個領唱的女孩：今早和她的相遇、和她在一起說的話。

他記得每個字、每個動作，還有她的每一個眼神。

他還可以在這個角落繼續想她好幾個鐘頭，而不會留意到時間是怎麼消逝的——如果不是羅柏西過來坐他旁邊，輕輕撞他一下。

「我想問你……。」

「什麼？」克拉巴特說，試著不讓自己的不悅顯露出來。

「安德魯西和史達希柯剛才說的！如果師傅聽到了……。」羅柏西很擔心地問。

「哦，」克拉巴特說，「那只不過是一些胡言亂語，你沒聽出來嗎？」

「可是師傅？……」羅柏西不以爲然地說，「如果呂希克去跟他說的話……，你想想，師傅會怎麼對他們！」

「師傅不會對他們怎樣的，一點也不會。」

「講這種話，你自己也不會相信吧！」羅柏西拉高嗓門說，「師傅絕不會容許這樣的！」

「今天會的。」克拉巴特說，「今天我們可以罵師傅，詛咒他不得好死，或甚至撒旦之類的，像你剛才聽到的。這些他今天都不會生氣，正好相反。」

「眞的？」

「誰要是能一年一次把怒氣發洩出來，這年的其他時間裡，他就能更適應、更順從別人對他要求的。而這些要求，你以後會知道的，在科澤沼地的磨坊是很多的。」

克拉巴特不再是以前的克拉巴特。接下來這幾天、這幾個星期，他彷彿活在夢中。他做該做的，他和其他人說話，回答他們的問題。但事實上，他是遠遠離開磨坊所發生的一切：他的心在領唱的女孩那裡，領唱女孩的心在他這裡，而周遭的世界一天比一天明亮，一天比一天翠綠。

克拉巴特從來沒想到會有這麼多種的綠：草的綠、樺樹的綠，夾雜其間楊柳、蘚苔的綠，有時是水塘岸邊、矮木叢、漿果樹叢淡色、蓬勃的新綠，還有科澤沼地赤松的寧靜、深色的老綠，深得有時變成幾近黑色的陰森危險，但有時，至少在黃昏，卻閃亮得像抹上了金色的漆。

這幾個禮拜來，雖然不是很多，但克拉巴特也有幾次夢到領唱的女孩。基本上一直是相同的夢：

他們在樹林或一個古樹參天的庭園散步，是夏日的炎熱，領唱的女孩穿著一件淡色的罩衫。兩人走在樹下，克拉巴特摟著她的肩膀，女孩斜倚著頭，頭髮觸到他的臉頰。她的頭巾略略往後滑，克拉巴特希望她會停下腳步，會轉過頭來，這樣他就可以看著她的臉。但同時他又希望她還是別把臉轉過來比較好。這樣的話，有辦法闖入他夢中的人，也就不會認出她來。

克拉巴特像是徹底變了一個人，這點畢竟瞞不過其他伙計，他們知道克拉巴特有什麼心事。這次又是呂希克，旁敲側擊想知道個究竟。聖靈降臨節的隔週，漢佐派克拉巴特和史達希柯把一個磨石的凹槽打深一點。他們把磨石架在碾磨房門邊，細心地用鑿子敲、鑿，這樣才能把凹槽的邊緣打出尖銳的稜線。史達希柯有時會走開，去把鈍掉的鑿子磨利，這得花點時間。其間，呂希克腋下夾著幾個空麵粉袋走過來，克拉巴特沒注意到他，直到他停下來站旁邊說話。這個呂希克總是躡手躡腳走路，不管有沒有必要。

「ㄟ，」他使個眼色問說，「她叫什麼名字？是金髮、褐髮，還是黑髮？」

「誰？」克拉巴特反問。

「就是她啊！你最近常想的那個她啊！」呂希克說，「還是你以爲我們都是瞎子，看不出來你爲一個女孩恍恍惚惚的。也許是你作夢夢到，或是……。我知道有個好辦法能讓你見到她。你知道，這我是有經驗的……。」

呂希克東張西望了一下，俯身湊近克拉巴特耳朵說：「你只要跟我說她的名字，其他的交給我來辦，很簡單的……。」

「你有完沒完！」克拉巴特說，「我不曉得你在說什麼？別那麼無聊好嗎？我還得工作呢！」

這夜，克拉巴特又夢到領唱的女孩，夢境是他已經知道的。兩人又走在樹下，依舊是炎熱的夏日。只是這次他們是往林子中間的草地走去，當他們剛從樹下走出來，要穿越那片空曠的草地時，一道黑影從他們頭上掠過。克拉巴特趕緊用他的上衣蓋住女孩的頭。「快離開這裡！不能讓他看到妳的臉。」克拉巴特把女孩拉回林子裡，隱身樹蔭下。天空一隻蒼鷹的叫聲，尖銳刺耳，彷彿一把刀刺進他的心臟。

克拉巴特驚醒過來。

隔晚，磨坊師傅把克拉巴特叫過去。當他站在師傅面前，師傅的一隻眼睛看著他時，他覺得不太妙。

「有事跟你談。」磨坊師傅坐在他的太師椅，兩手交叉，表情冷漠如石頭。「你知道我很看重你，克拉巴特。」他繼續說，「你也知道你在魔法這方面能達到相當成就，那不是你的同學都能達到的。但我最近開始懷疑，自己是否能信任你。你有祕密，有事情瞞著我。如果你主動跟我說，不用逼得我去探查，這樣不是比較聰明嗎？坦白告訴我，到底是怎麼回事？然後我們可以想想，怎樣做對你最好。爲時還不晚。」

克拉巴特毫不猶豫地回答：「我沒有事要跟你說，師傅。」

「眞的沒有？」

「沒有。」克拉巴特斬釘截鐵地說。

「好，那你可以走了。到時如果有什麼麻煩的事發生，你可別抱怨！」

尤洛站在外頭走廊，似乎是在等著克拉巴特。他把克拉巴特拉進廚房，閂上門。

「克拉巴特，這個……。」

他把一樣東西塞進他手裡。一塊小小乾乾的樹根，繫在用三條細線捲成的繩圈上。

「拿去，掛在脖子上，省得你會夢得沒命！」

驚人的事

接下來幾天，師傅對克拉巴特出乎尋常地友善。伙計中，他總是特別厚待克拉巴特，即使一些簡單、理所當然的事，師傅也稱讚他，像是要表示他絕對沒有記恨在心。如此，直到聖靈降臨節過後兩個禮拜的一個週末晚上，師傅在走廊碰到克拉巴特，這時其他人已經進去吃晚飯了。

「在這裡碰到你正好。」師傅說，「有時候，你也知道，人總會有心情不好的時候，然後就隨便說了些鬼扯淡的事。總之，我上回在我房間和你談的，是一些沒必要的蠢話。你大概也這麼覺得吧？」

他沒等克拉巴特回答，馬上又接下去。

「如果你把那些話當眞，那眞是遺憾！我知道你是個乖巧的伙計，也是許久以來我最好的學生，同時也非常忠實可靠……。好了，你應該知道我的意思。」

克拉巴特覺得毛毛的：師傅到底要幹嘛？

「好，我不瞎扯了。」師傅說，「爲了讓你確實知道我是怎麼看待你的，我允許你做一件事，是到目前爲止我沒允許其他學生做過的：下個星期天你不用工作，我放你一天假。你可以出門，隨便你喜歡去哪裡。到茅根村、到黑崑崙，或是到絲角村，都可以。而且只要星期一早上回來就行了。」

「出門？」克拉巴特問說，「我在茅根村或其他地方能幹什麼？」

「那邊有酒館、餐館，你可以在那裡好好玩一天。也有女孩，你可以跟她們跳舞……。」

「不，」克拉巴特說，「我對這不感興趣。再說，難道我的待遇應該比其他伙計好？」

「沒錯，你應該。」磨坊師傅解釋說，「在學習魔法上，你的勤奮和毅力遠遠超過其他人。所以，我沒有理由不應該獎賞你。」

星期天早上，伙計們準備要去上工，克拉巴特也一樣。

漢佐過來，把他叫到一旁。

「我不曉得是怎麼回事。」漢佐說，「但師傅放你一天假，他要我提醒你，到明天早上爲止，你不用待在磨坊裡。還說其他的你知道了。」

「好，」克拉巴特含糊地說，「我知道了。」

克拉巴特換上出門的外衣。大夥像平常那樣工作著，他走出屋子，坐在柴房後頭的草地上思考著。

師傅給他挖了一個坑，這很清楚，現在要小心的就是別跳進去。可以確定的是，他哪裡都可以去，就是不能去黑崑崙。其實最好就是待在這裡，坐在柴房後頭曬曬太陽、懶散一天。可是這不等於告訴師傅，自己看穿了他的詭計。「好吧，那就去茅根村。」他心想，「繞個大圈，別經過黑崑崙！」

不過，這樣恐怕也不好。也許比較聰明的方法是，別繞過黑崑崙，就這樣穿過去，因為那是去茅根村最近的路。

只是的只是，他不能在黑崑崙碰到領唱的女孩，這得事先預防。

他喃喃唸了咒語後，開始請求那個少女。「領唱的女孩，我今天得拜託妳一件事。是我，克拉巴特，我得拜託妳一件事。妳今天一步也不能踏出屋門，不管發生什麼事。也不要往窗外看，請答應我！」

克拉巴特相信，領唱的女孩會照他請求的做。

他正要出發時，尤洛提著一個空木桶，從屋角那邊走來。

「嗨，克拉巴特，你好像不是很急著走。我可以跟你在草地上坐一會吧。」

像上回賣馬很倒霉那次一樣，尤洛從口袋掏出一塊小木頭，畫個圈把他們坐的地方圍住，再加上一個五角星和三個十字。

「你大概也猜想得到，這和防蚊子或蒼蠅沒有關係。」他使個眼色說。

克拉巴特不否認他當初就有點懷疑。「你畫圈子是爲了不讓師傅看得見、聽得見我們坐這裡說話，不管是從近處或遠處，是這樣對吧？」

「不，」尤洛說，「他看得見也聽得見我們，但他不會對我們做什麼，因爲他忘了我們，這才是這圈子的作用。只要我們待在這裡頭，不管師傅想到什麼事，就是不會想到你和我。」

「這招還眞不笨……，」克拉巴特說，「還眞不笨……。」忽然，「不笨」兩個字像提詞似地閃過他腦海，讓他想到一些事。他驚訝地看著尤洛，「原來是你，」他說，「是你替那些農夫降雪的。還有讓洛威那犬追咬呂希克的也是你！你不笨，你不是像我們大家想的那樣，對吧，你只是裝的！」

「如果是又怎樣？」尤洛說，「我不否認我不像大家認爲的那麼笨。但是你，克拉巴特，我說了你別生氣，你作夢也想不到你自己有多笨！」

「我？」

「因為你到現在還看不出來，在這個該死的磨坊玩的是什麼把戲！要不你會知道克制你學習的激情，或至少不表現出來。難道你還不清楚，自己處於什麼危險情況？」

「我知道，」克拉巴特說，「我感覺得到。」

「你什麼也沒感覺到！」尤洛反駁說。

他折斷一根草莖，捏成一團。

「我，這些年來一直裝成笨蛋的我，告訴你，克拉巴特，如果你繼續這樣下去的話，磨坊裡下一個遭殃的就是你。米歇爾和彤大，還有其他那些埋在『荒地』的，每個人都犯了跟你一樣的錯誤。他們在魔法學校學了太多，又讓師傅覺察到。你應該也知道，每年除夕夜，我們其中一個得替師傅死。」

「替師傅死？」

「對。」尤洛說，「他和那個……，就是那個教父大人訂了協議，每年得有個學生替他犧牲，否則就該他自己。」

「你怎麼知道的？」

「我有眼睛、有腦袋，覺得奇怪的事也會去思考；而且，我讀了魔法書。」

「你？」

「我很笨，像你知道的，或者說，像師傅和大家認爲的。所以他們不把我當一回事，讓我這種人做家事正好。我得打掃、清洗、擦桌椅，有時也得去黑房間裡做這些事。裡頭你知道的，桌上擺著用鍊子繫著的魔法書。師傅不准我們靠近，也不准我們讀，因爲裡頭有些東西，我們要是知道了，會對他不利。」

「不過你卻可以讀！」克拉巴特說。

「對，你是第一個、唯一一個知道這件事的人。」尤洛說，「有個辦法可以阻止師傅的惡行，只有一個辦法！如果你認識一個女孩，一個愛你的女孩，那她或許可以救你：如果她向師傅要求放你走，而她也通過了測驗。」

「測——驗？」

「下次我們有時間再談這個。」尤洛說，「現在你只要知道這件事：別讓師傅知道那女孩是誰，否則你會有和彤大一樣的結果。」

「你是說芙秀菈？」

「對，」尤洛說，「師傅事先知道了她的名字，然後用夢折磨她，最後她受不了，絕望地跳河自殺了！」

他又折了一根草莖，捏成一團。

「隔早，彤大發現她，把她抱到她父母家，放在門口。從那時起，他心力憔悴、頭髮灰白，最後的結果你也知道了。」

克拉巴特想像他有天早上發現領唱的女孩，溺水而死，頭髮纏著水草。

「你覺得我應該怎麼做？」

「你應該怎麼做？」尤洛折了第三根草莖。「現在動身去茅根村，或別的地方，然後盡可能地把師傅搞得團團轉。」

克拉巴特穿過黑崑崙時，沒有左顧右盼。領唱的女孩躲起來沒有出現。不知道她怎麼跟她家人解釋的，說她得待在家裡？

克拉巴特在村政廳的酒屋吃了一塊黑麵包和燻肉，又喝了一杯雙倍威士忌。然後繼續上路往茅根村，到了之後，他進去一家酒館，點了杯啤酒。

晚上他和女孩們跳舞，說些有的沒的，害得她們神魂顛倒，飄飄然的。然後他又開始和其他小伙子吵了起來。

「喂，滾出去！」

那些年輕人火大了想把他攆出去時，他打了一個響指，那些人就像腳底生了根定在那裡，動也動不了。

「你們這些笨蛋！」克拉巴特喊說，「竟然想揍我，不如你們自己打自己吧！」酒館的舞池開始一場大騷亂，是茅根村前所未有的。酒杯飛揚，椅子碎裂，小伙子們打成一團，像是失去了理智一樣，不管三七二十一，彼此拚命亂打一通。酒館老板絕望地絞著手，女孩們吱吱尖叫，樂師一個一個奪窗而逃。

「這樣好！」克拉巴特在旁邊搧風點火，「這樣好！儘管狠狠地揍，狠狠地打！」

辛苦的事

隔早，師傅想知道他昨天去了哪裡，還有這一趟出門玩得怎樣？

「哦，」克拉巴特聳聳肩膀說，「挺不錯的。」然後向師傅報告他去了茅根村，在那裡跳舞，還跟村裡小伙子吵架。總之他玩得很愉快，但如果有磨坊的同伴一起去的話，那一定更好玩，譬如說史達希柯或安德魯西，當然其他人一起去也一樣。

「如果是呂希克呢？譬如說。」

「他不行！」雖然可能會惹師傅生氣，克拉巴特還是這麼說。

「爲什麼不行？」

「我受不了他。」克拉巴特說。

「你也受不了？」師傅笑了。「那我們對他都有同感。也許你很驚訝吧？」

「對，」克拉巴特說，「這讓我很驚訝。」

磨坊師傅從下往上打量了他一番，看來是善意的，雖然多少帶了點嘲諷的味道。

「這就是我喜歡你的地方，克拉巴特，你很誠實，而且什麼事都很率直地說出意見。」

克拉巴特避開師傅的眼光。他不知道師傅說的是真的，還是那是一種沒有明說的威脅。總之，他很高興師傅馬上換了話題。

「現在談別的，是我們之前提到過的。你記住，克拉巴特，從現在起，只要你喜歡，星期天你可以隨意出門，或者也可以留在磨坊裡，隨你自己。這是一種特權，只給我最優秀的學生的特權。好，就這樣！」

克拉巴特急著想見尤洛，但尤洛從星期天在柴房後頭和他說過話後，就一直避著他。能的話，克拉巴特至少想用意念傳話給他，但這一招在祕教裡頭卻行不通。

等到他們終於單獨在廚房碰到後，尤洛要他再耐心等個兩、三天。「你上回要我幫你磨的刀子，等磨好後我會拿給你，我沒有忘記你的事。」

「好。」克拉巴特說，他了解了尤洛的意思。

三、四天後，磨坊師傅又得出門個兩天，也許三大，他出發前這麼說。

這晚，克拉巴特被尤洛叫醒。

「到廚房去，我們在那裡談。」

「他們呢？」克拉巴特指著其他伙計。

「他們睡得死沉沉的，不管雷雨閃電都不會吵醒他們。」尤洛掛保證說，「這個我已經搞定了。」

在廚房裡，尤洛在桌椅周圍畫了一個圈，然後再畫上五角星和十字。他點燃蠟燭，把燭台放在兩人之間。

「我讓你等，是爲了小心，你懂吧。」他說，「我們在這裡悄悄碰面的事，不能讓任何人察覺到。我上星期天跟你吐露了一些事，你這之間想必也做了一些思考。」

「對，」克拉巴特說，「你說要告訴我一個可以免遭師傅毒手的方法，同時還可以替彤大和米歇爾報仇。」

「沒錯。」尤洛說，「如果有一個女孩愛你，她可以在除夕那晚來找師傅，要求他讓你自由。如果她通過師傅要求的測驗，那晚得死的就是師傅他自己。」

「測驗難嗎？」克拉巴特問。

「那女孩得證明她認得你，」尤洛說，「她得在伙計裡頭認出你，說：是這一個。」

「然後呢？」

「就只有這樣。魔法書規定的只是這樣。如果你讀到或聽到這個，一定會覺得太容易了。」

克拉巴特不得不同意他的說法。但如果這件事不像想像的那麼容易的話，那可能在魔法書裡頭有什麼祕密的附帶條件，或者也可能魔法書的指示隱含著什麼雙重意義。嗯，應該了解一下原文……。

「原文一清二楚。」尤洛保證說，「但是師傅很會用他自己獨特的方法去解釋。」他拿起燈心剪刀，把冒油煙的燈芯剪短。

「好幾年前，我剛來科澤沼地不久，我們其中一個叫揚克的伙計，也冒了這樣的險。在那年最後一晚，他的女孩準時出現，要求師傅放他走。『好，』師傅說，『如果妳能認出揚克，那他就得到自由，妳可以像規定的那樣帶他走。』然後師傅要我們十二個人變成烏鴉棲在桿子上，逼我們把嘴巴藏在左邊翅膀下，再把那女孩帶到黑房間來。就這樣，我們縮在那裡，而那個女孩分辨不出誰是揚克。『好，』師傅問她，『是最右邊那個？還是中間那個？還是其他哪一個？妳靜下心好好想想，妳知道這件事關係到的是什麼。』女孩說她知道。猶豫了一會後，她指著我們其中一個，用猜的，結果她指的是奇托。」

「然後呢？」克拉巴特問。

「然後他們沒有再見到新年的晨光，揚克沒有，那女孩也沒有。」

「那之後呢？」

「之後只有彤大有膽量想嘗試——和芙秀菈一起。不過，結果你也知道了。」

蠟燭又冒起油煙，尤洛把燈芯再剪短一次。

「有一點我不明白。」沉默了一會後，克拉巴特說，「爲什麼其他人沒有選擇這麼做？」

「大部分的人不知道這回事。」尤洛說，「少數幾個知道的，則是一年又一年希望自己不會遭殃。我們是十二個人，每年除夕夜只有一個會倒霉。另外還有一件事也有關，這你也應該知道。假定有哪個女孩通過測驗，戰勝了師傅，在他死的那一刻，所有他教過我們的魔法，全都會跟著消失。然後我們一下子又變成只是普通的磨坊伙計，所有的法力都沒了。」

「如果他是因爲別的原因死的，情況是不是就不一樣？」

「沒錯，」尤洛說，「而這也是另一個原因，爲什麼少數幾個知情的人，每年都願意忍受其中一個同伴死去。」

「你呢？」克拉巴特問，「你自己也沒做什麼來避免這事嗎？」

「我沒有這個勇氣，一來是這樣。」尤洛說，「二來我也沒有女孩會來向師傅要求讓我自由。」

他兩手看似把玩著桌上的燭台，把它轉過來又轉過去，緩慢、審視地，好像想看出一件什麼對他很重要的事情。

「好，我們把話說清楚。」他終於又說，「你現在還不用做決定，克拉巴特，不用做最後的決定。但我們現在就得開始盡我們的可能，做好準備，在緊要關頭時，你才能幫那女孩通過測驗。」

「但是這個我已經會了！」克拉巴特說，「我會用意念讓她了解必要的事情，這樣不就可以嗎？我們已經學過了！」

「這樣不行！」尤洛反駁說。

「不行？」

「不行，因爲師傅有能力阻止。他對揚克就是這麼做的，下一次他也會這樣，毫無疑問。」

「那要怎麼辦？」克拉巴特問。

「你得做的是，」尤洛說，「在夏天和秋天裡，努力讓你自己達到有抗拒師傅意志的能力。當我們變成烏鴉棲在桿子上時，他命令我們：『把嘴巴藏在左邊翅膀下！』然後你就得做到，只有你把嘴巴藏在右邊翅膀下。你了解我的意思吧。也就是在測驗時，你得表現得和我們不一樣，然後那女孩就知道她應該指哪一隻烏鴉，這樣就成了。」

「我們該怎麼做？」克拉巴特問。

「你得訓練你的意志。」

「就這樣？」

「這樣就很夠了，你會知道的。要不要現在就試試看？」

克拉巴特同意。

「假定我是師傅。」尤洛說，「如果我命令你做什麼，你就試著做相反的。如果我叫你把東西往左邊移動，你就往右邊移；如果叫你站起來，你就坐著；如果叫你看著我的臉，你就往旁邊看。這樣清楚了嗎？」

「清楚了。」克拉巴特說。

「好，那我們開始。」

尤洛指著他們之間的燭台。

「把它移到你那邊！」尤洛命令說。

克拉巴特伸手去抓燭台，堅定地想把燭台推開——往尤洛那邊推，但卻遇到阻力。一股抗拒他意志的力量襲向他，突然之間他覺得動不了。接下來是一場無聲的對決。尤洛的命令，克拉巴特的意志，彷彿你死我活地。

克拉巴特還是堅定地想把燭台推開。「往那邊！」他心裡想著，「往那邊，往那邊！」

但他感覺到，尤洛的意志逐漸支配他的意志，逐漸抹滅他的意志。

「遵命！」克拉巴特最後聽到自己這麼說。然後服從地把燭台移到自己這邊。

他覺得整個人都虛脫了，變得空空洞洞，如果現在有人跟他說他死了，他會相信。

「別絕望！」

他聽到遙遠的地方傳來尤洛的聲音。然後感覺到一隻手放在他肩膀上，接著又聽到尤洛的聲音，這一次非常的近：

「別忘了，這只是第一次，克拉巴特。」

此後，磨坊師傅不在的夜晚，他們就在廚房裡度過。克拉巴特在尤洛的指導下，訓練如何抗拒對方的意志、貫徹自己的意志。對兩個人來講，都不是輕鬆的事。有許多次，克拉巴特似乎很灰心想放棄。「因爲我根本辦不到。如果我得死的話，至少別害那女孩也一起死，這樣你懂吧？」

「是，」尤洛說，「我懂，克拉巴特，不過那女孩畢竟也還不知道這件事。現在你還不用去想，到時要做什麼決定。重要的是，我們的訓練要有進步。只要你不喪失勇氣、不放棄的話，到年底的時候，你會看到我們做得有多好，相信我！」

一次又一次，不知道有多少次，他們一遍又一遍重複這件辛苦的事。漸漸地，到了夏末，總算有些初步的成效。

蘇丹的鵬

難道師傅起了疑心？難道他藉由呂希克的幫忙，知道了克拉巴特和尤洛的祕密？九月初一個晚上，他邀伙計們喝酒，大家圍坐在他房間的大桌子，每個人的杯子都斟了酒後，他出乎意料地大聲說：「爲友情乾杯！」尤洛和克拉巴特兩人眼神隔桌相觸。

「乎乾啦！」磨坊師傅大聲說，「大家都乾杯！」然後他要羅柏西再替大家倒酒後，說：

「去年夏天我跟你們說過我最好的朋友吉爾克的事。我也沒瞞著你們，我後來殺了他。這事是怎麼發生的，現在應該讓你們知道。……那是在土耳其大戰爭的時候，我和吉爾克有一陣子離開了勞齊茨，兩人分道揚鑣。後來我加入皇帝的軍隊當步兵，而吉爾克去當了土耳其蘇丹的大法師，這是我根本連想都想不到的。我們皇家軍隊的指揮官是薩克森元帥。他率領大軍遠征到匈牙利境內，在那裡我們和土耳其軍隊對峙了好幾個星期。敵我都在防禦堅固的陣地裡待著，除了雙方的巡邏兵有時會有零星小衝突，和前沿陣地的這裡那裡會落下砲彈以外，似乎不太讓人感覺得到是在戰爭。但有天早上，我們這邊發現，土耳其軍隊在夜晚潛入我方陣地，制服元帥，把他擄走了——顯然是藉由魔法的幫助。沒多久，對方來使騎馬到我們營前，說元帥現在在蘇丹手裡，如果我們不在六天內撤出匈牙利的話，他們會在第七天把元帥絞死。大家非常驚慌。因爲我不知道吉爾克在土耳其軍的陣營裡，所以我自動請纓，說我可以去把元帥救回來。」

磨坊師傅乾了一杯，揮手叫羅柏西過來倒酒，然後又繼續說：

「雖然我們的連長覺得我是發瘋了，但他還是報告了團長，然後我被帶到一個將軍那邊，那個將軍又帶我去見代替元帥擔任指揮官的洛伊希滕貝格公爵。起先公爵不肯相信我，於是我在他面前把他司令部的軍官都變成鸚鵡，把帶我去那裡的將軍變成一隻錦雞。不用說，公爵這下當然相信了。他要我趕快把軍官們變回原形，並答應賞我一千金幣，如果我能把元帥救回來的話。然後他讓我從他的坐騎裡挑一匹駿馬。」

磨坊師傅又停下來喝一杯，羅柏西又得替他斟酒。

「我其實可以就這樣繼續說下去，」他接著說，「但我忽然有個更好的想法。剩下的部分，應該讓你們自己去體驗。現在，克拉巴特將扮演我的角色——那個懂得魔法，要去救回元帥的士兵。然後，我們還需要吉爾克……。」

他打量著伙計，一個接一個，漢佐、安德魯西、史達希柯……，最後把目光停在尤洛身上。

「或許你……，」他說，「你來當吉爾克，如果你願意的話。」

「好啊。」尤洛無所謂地說，「反正總得有人當。」

克拉巴特沒被師傅的笑容騙過去，那種冷笑。他們兩人都知道師傅要測試他們。現在他們得小心提防，不能洩漏了祕密。

磨坊師傅捻碎一小撮藥草在燭火上。

一股濃烈、令人昏沉欲睡的香味在房間裡瀰漫開來，伙計們的眼皮越來越沉重。

「閉上眼睛！」磨坊師傅命令說，「然後你們會看到在匈牙利發生的事。尤洛和克拉巴特會做我和吉爾克當時在土耳其大戰爭所做的……。」

克拉巴特感到說不出的疲累，漸漸睡著了。師傅的聲音單調、遙遠：

「尤洛，蘇丹的大法師，在土耳其軍隊那邊，他對著半月旗宣示效忠……。克拉巴特，白色裹腿、藍色軍服的步兵克拉巴特，站在洛伊希滕貝格公爵右邊，看著牽過來讓他挑選的馬匹……。」

克拉巴特，白色裹腿、藍色軍服的步兵克拉巴特，站在洛伊希滕貝格公爵右邊，

看著牽過來讓他挑選的馬匹……。他最喜歡那匹額頭上有個小白點的黑馬，遠看像個五角星。

「給我那匹！」他要求。

洛伊希滕貝格公爵叫人放好馬鞍、套上馬套。克拉巴特把槍填好火藥，背在肩上，一躍上馬。他騎著馬在閱兵場小跑步繞圈，然後腳踢馬刺，朝公爵和他的隨從驅馬疾奔過去，一副要把他們踩在地上的樣子。那些爺們嚇得紛紛跳開，但克拉巴特躍過他們撲了白粉的腦袋，在眾人的驚訝聲中，騰空升起飛奔而去，越來越遠，直到從大家的視線消失，就連皇帝軍隊裡頭擁有最好的望遠鏡的砲兵司令卡拉斯伯爵，也看不到他和那匹黑馬了。

克拉巴特在令人暈眩的高空上躍馬奔騰，如履平地。沒多久，他看到第一批土耳其軍隊在砲彈擊毀的村莊邊緣，看到他們色彩豔麗的頭巾在陽光下閃亮，看到大砲架在堡壘後面，看到巡邏兵在哨站之間騎來騎去。沒人看得見他和他的黑馬。土耳其軍的馬匹害怕得鼻子噴氣，狗夾著尾巴狺叫。

在土耳其軍隊的營地裡，綠色的先知旗幟（先知穆罕默德最喜歡的顏色）在風中飄揚。克拉巴特小心翼翼讓馬降落到地面。他看到蘇丹的華麗大帳不遠處，有個較小的營帳，大約二十名全副武裝的禁衛軍看守著。他拉著馬韁走進去。沒錯，坐在行軍椅上、手撐著腦袋的是那個德勒斯登來的戰爭大英雄和土耳其人剋星。克拉巴特現出身形，低咳一聲，走向大元帥——卻嚇了一大跳。

元帥的左眼戴著黑色的皮眼罩！

「什麼事？」元帥用烏鴉般沙啞的聲音對克拉巴特說。「你是土耳其士兵嗎？你怎麼進來營帳的？」

「敬告元帥，」克拉巴特說，「我奉命來救大人出去。馬匹也已備好。」

黑馬這時也現形出來。

「如果大人不反對的話……。」克拉巴特說，躍上黑馬，示意元帥坐在他後面。然後驅馬疾奔出去。

禁衛兵嚇得目瞪口呆，連根手指也沒動。

「讓開！」克拉巴特毅然地喊，帶著被救出的元帥，順著營區的通道快馬猛衝，那些從努比亞地區來的蘇丹禁衛軍乍看這場景，驚嚇得彎刀、長矛都從手中掉下。

「唆！」克拉巴特大聲催馬，同時高喊：「抱緊，大人！」

沒人敢攖其鋒。一下子他們就出了營門，到了外頭空曠處，克拉巴特於是駕馬升空。這時，土耳其士兵開始向他們開火，萬槍齊發，但只是砰砰砰砰的響聲而已。

克拉巴特信心滿滿，他不怕土耳其士兵的子彈。

「如果要打中我們，他們得用金製的東西射我們才行。」他告訴元帥，「用鐵彈或鉛彈是傷不了我們的，箭也不行。」

槍聲漸遠，終於停止。這時，兩人聽到從土耳其陣營方向傳來颯颯風響，急速逼近。駕馬飛天的克拉巴特，是不能轉身回頭的，他請元帥往後看。

是一隻巨大的黑鵬追來。「牠背朝太陽，嘴對著我們，正從高空猛撲而來。」

克拉巴特唸了一段咒語，他們和大鵬之間頓時堆起一片巨雲，灰白濃厚，宛若一座霧山。

但黑鵬破雲而出。

「牠來了！」元帥呱呱地說，「撲下來了！」

克拉巴特早已明白，是什麼樣的鵬在追他們；當那隻鵬呼叫他們時，他一點也不覺得奇怪。

「回來！」大鵬喊說，「回來，要不你們就得死！」

這聲音似乎熟悉，可是是誰的呢？沒有時間細想了！克拉巴特一個手勢，一陣狂風，這股風暴應該會把大鵰刮走，像一把掃帚把牠從天空掃走。但大錯特錯，蘇丹的大黑鵰慣於風裡來雨裡去，牠無畏任何颶風。

「回來！」大鵰喊說，「趁早投降，否則後悔莫及！」

「那聲音！」克拉巴特心想，現在他認出來了，是尤洛的聲音，是朋友的聲音，他們好幾年前一起在科澤沼地的磨坊當過伙計。

「那隻鵰！」元帥說，「快追上我們了！」突然之間，克拉巴特也想起了這個耳邊嘶啞的聲音是誰的。「你的槍，士兵！爲什麼不用你的槍把那怪物射下去？」

「因爲我沒有金的東西可以射。」

克拉巴特很高興，因爲確實是這樣。但薩克森元帥——或不管坐在後面的是誰——從他的軍服扯下一個金鈕釦。

「把這塡進槍膛裡，快射死牠！」

尤洛，大鵰的尤洛，離他們只有幾個翅膀近。克拉巴特作夢也不會想去殺死他。

克拉巴特假裝把金鈕釦塡進槍膛裡，但實際上是讓它從手中滑掉。

「開槍！」元帥催促，「你開槍啊！」

沒有回頭，克拉巴特從左邊的肩膀上方朝追趕者扣下扳機。克拉巴特知道，只是空彈，沒有金鈕釦，槍膛裡只有火藥。

「砰」一聲。忽然，死亡的慘叫：「克拉巴特！克拉——巴巴——阿阿特！」

克拉巴特嚇壞了，槍掉下，手遮住臉哭了起來。

「克拉巴特！」慘叫聲在他耳朵裡迴響著，「克拉——巴巴——阿阿特！」

克拉巴特呻吟地驚醒過來。自己怎麼會忽然坐在桌邊？和安德魯西、裴塔爾、梅爾登，還有其他伙計？他們看著他，蒼白驚恐，但當他們注意到克拉巴特看過來時，每個人都垂下眼睛！

磨坊師傅像個死人坐在他的位子上。深深往後靠，一言不發，像是傾聽著遠方。

尤洛也是動也不動。他趴在桌上，臉朝下，兩臂張開：剎那之前，還是大鵬的翅膀，颯颯呼嘯的羽翼。尤洛旁邊是一個翻倒的杯子，桌面上一塊暗紅色的斑漬，是酒還是血？

羅柏西放聲痛哭，撲向尤洛。「他死了，他死了！克拉巴特，你把他殺死了！」

克拉巴特忽然覺得喉嚨噎住透不過氣來，雙手把襯衫撕開。

這時他看到尤洛的一隻手在動，然後另一隻手。看來，生命逐漸回轉到他身體裡。

尤洛雙手撐桌，抬起臉，眉心二指寬上方，額頭正中央的地方，一塊圓圓的紅斑。

「尤洛！」小羅柏西抱住他肩膀。「你還活著，尤洛，你還活著！」

「你想到哪裡去了？」尤洛說，「我們只不過是好玩而已。只是我的腦袋被克拉巴特的槍聲打得轟轟響，下次還是讓別人當吉爾克吧，我夠了，我要去睡覺了！」

伙計們鬆口氣笑出聲來，安德魯西說出大家心裡想的：

「去睡吧，兄弟，儘管去睡吧！重要的是你平安無事！」

克拉巴特呆坐桌邊。槍聲、慘叫聲，忽然一下子又是歡笑聲，這一切如何兜攏在一起？

「安靜！」磨坊師傅打斷他們，「安靜！我受不了，統統坐下，不准說話！」他突地站起來，一手撐著桌子，一手緊握杯子，像是要把它捏碎一樣。「你們看到的，」他大聲說，「只是一場惡夢，會醒過來的夢，然後就沒事了……。但是，我那時和吉爾克在匈牙利的事不是夢：我開槍打死他！我殺了我最好的朋友，我得殺他，就像克拉巴特做的一樣，就像你們每一個換成我也會做的一樣，你們每一個！」

他握拳捶桌，杯子跳了起來。他拿起酒壺，猛灌一通，然後把酒壺往牆上砸去，大叫：

「走開！出去，全都出去！我要一個人在這裡，一個人，一個人！」

克拉巴特也想一個人安靜一下，他悄悄走出屋子。是個星明無月的夜晚，他踩過濕潤的草地，來到水塘邊，黑色的水面映著滿天星光，克拉巴特忽然有下去洗個澡的衝動，他脫掉衣服，滑入水中，往水塘中間游了幾下。

冰涼的水讓他頭腦清醒多了。在今晚發生了這些事情後，這正是他需要的。他潛下去又浮上來，一次又一次，然後呼哧呼哧、牙齒打顫地游回岸邊。

尤洛拿著一條毛毯站在那邊。

「你會著涼的，克拉巴特！上來吧，你到底在幹什麼？」

他拉克拉巴特上岸，拿毛毯裹住他，想幫他擦乾。

克拉巴特掙脫開。

「我不明白，尤洛，」他說，「我不明白自己怎麼會開槍射你？」

「你沒有，克拉巴特，沒有用金鈕釦。」

「你知道這個？」

「我看得一清二楚，我當然了解你。」尤洛用肘撞他一下。「那種臨死的慘叫，聽起來或許恐怖，不過反正也不花錢。」
「那額頭上的紅點呢？」克拉巴特問。
「哦，那個！」尤洛笑出聲來。「別忘了我多少也懂一點魔法，像那樣的，我笨尤洛剛好還做得來。」

髮環

夏天時，克拉巴特曾用過幾次特權在禮拜天出門。不是爲了娛樂，而是爲了不讓師傅再起疑心。但無論如何，克拉巴特還是擔心師傅會再設計讓他上當。

從那晚他向尤洛開槍後，已經過了三個禮拜，這之間師傅幾乎沒和他說上什麼話。但有一晚，磨坊師傅就像是順便提到一件不重要的事那樣，忽然對克拉巴特說：

「下星期天你應該會去黑崑崙吧，不是嗎？……」

「爲什麼？」克拉巴特問。

「星期天那裡有教堂堂慶，所以我想你應該會去。」

「再看看，」克拉巴特說，「你知道的，如果沒有這裡的同伴一起去的話，我其實不是很喜歡去湊熱鬧。」

之後，克拉巴特去問尤洛該怎麼辦。

「就去吧。」尤洛說，「要不呢？」

「這要求太過分了，我做不到。」克拉巴特說。

「沒錯，這裡頭是有很多危險。」尤洛說，「但這也是一個和那女孩說話的好機會。」

克拉巴特很驚訝。

「你知道她住在黑崑崙？」

「從那次我們坐在復活節火堆旁我就知道了，這不難猜想。」

「那你知道是哪一個女孩？」

「不，」尤洛說，「我不知道，也不想知道。我不知道的事，別人也沒辦法從我這裡知道。」

「不過，」克拉巴特說，「我跟她見面的話，要怎麼瞞過師傅？」

「你知道怎麼畫圈子，不是嗎？」尤洛回答說，從口袋拿出一小塊木頭塞進他手裡。「拿著吧，去和你的女孩見面，去和她說說話。」

星期六晚上克拉巴特很早就上床。他想單獨一人待房裡，想好好再斟酌斟酌，到底該不該和那女孩見面？是不是要現在就把所有的事都告訴她？

這陣子夜晚的訓練，他能抗拒尤洛命令的次數越來越多，有時甚至是尤洛先辛苦得滿頭大汗。雖然尤洛說，這不代表什麼，要克拉巴特不能犯了低估師傅的錯誤。不過，整體而言，情況對他和那女孩並不壞。

克拉巴特越想越有信心。尖帽子也擊敗過師傅，爲什麼自己不行？他指望著有尤洛的幫忙，還有領唱女孩的幫忙。

但這也正是克拉巴特一直有疑慮的地方：他能把那女孩扯進這件事情裡頭嗎？誰給他這種權利？自己的命値得她冒這個險嗎？

克拉巴特猶豫不決：一方面他同意尤洛說的，這是和那女孩見面的好機會。誰知道什麼時候還會有這樣的機會。但另一方面他無法決定，是否明天就應該告訴那女孩所有的事，畢竟連他自己都還沒想清楚、還沒下定決心。

「如果我只是讓她了解整個情況，」他念頭轉著，「但不告訴她測驗是何時何日……。」

克拉巴特覺得心裡輕鬆多了。

「這樣她就不用匆忙做決定，而我則有更多的時間可以靜觀其變，必要的話，等到最後一刻再做決定……。」

早餐時，克拉巴特向大家解釋說，因爲今天黑崑崙有教堂堂慶，師傅放他一天假。大夥聽了都很羨慕。

「教堂堂慶！」羅柏西說，「我只要聽到這個詞，就想到裝滿蛋糕的大盤子和堆積如山的小甜餅！你至少會帶點回來給我吃吧？」

「那當然！」克拉巴特正想這麼說，但呂希克已經搶在前頭評論說，羅柏西只是空想而已，難道克拉巴特在黑崑崙沒有更好的事可做，而只會想著蛋糕？

「沒有！」羅柏西反駁說，「任何教堂堂慶上，都沒有比蛋糕更好的東西。」他說得這麼肯定，惹得大家都笑了。

克拉巴特要尤洛給他一個他們平常到森林或泥炭場工作時，用來包點心的麵包巾，摺好後塞進帽子裡，說：

「等我回來囉，羅柏西，我會看看有什麼多的可以帶回來給你……。」

克拉巴特緩步走出磨坊，穿過科澤沼地的前段，出了樹林後，踏上那條通往黑崑崙的田間小路。在復活節早晨他和那女孩見面的地方，他畫了一個魔法圈子，坐在裡頭。風和日麗，就這季節來講，暖和得很舒服，總之一句話，就是週年慶的好天氣。

克拉巴特望向村子，園子裡的果樹已經採收，一些沒摘走的蘋果，紅紅黃黃閃爍在枯葉之間。

他低聲唸了咒語，眼觀鼻、鼻觀心，全神投注到那女孩心上。

「有人坐在這裡的草地，」他告訴那女孩，「他有事得和妳談，請騰出一點時間來，保證不會太久。不能讓別人知道妳要去哪裡、要和誰見面。這是他的請求，希望妳能過來。」

他知道得等一陣子，於是躺下，兩手交叉墊著後腦勺，想再思考思考，自己應該跟那女孩說些什麼。清澈的藍天如此高，就像秋天才會有的那樣。他看著天空，眼皮越來越重。

醒來時，那女孩已坐在身旁的草地上。他一下子還搞不清楚，女孩怎麼會忽然在這裡。她耐心靜靜地坐那邊，漂亮的百褶裙，鮮豔印花的絲綢圍巾，頭髮上是白色亞麻的花邊小帽。

「妳來很久了嗎？」他問，「怎麼沒叫醒我？」

「因爲我有時間。」她說，「我心想，還是讓你自己醒來比較好。」

他用右肘撐著身子。

「好久沒見了。」他說。

「沒錯，很久了。」女孩拉拉圍巾。「只有在夢裡，你有時會和我在一起。我們在樹下走著，你記得嗎？」

「沒錯，在樹下。」他說，「是夏天的時候，炎熱，妳穿著一件淡色的罩衫……。我還記得，就像是昨天一樣……。」

「我也記得。」

女孩點頭，臉轉過來看著他。

「你說有事要跟我說，是什麼事？」

「哦，」克拉巴特說，「我差點忘了……。如果妳願意的話，可以救我一命。」

「救你一命？」

「對。」克拉巴特說。

「怎麼救？」

「好，那我長話短說。」

他告訴她，自己會有什麼危險，她可以怎麼幫忙，但先決條件是，她必須從那些烏鴉中認出他來。

「這應該不難——有你幫忙的話。」她說。

「不管難不難。」克拉巴特警告說，「總之，妳得了解，這也牽涉到妳的生命，如果妳沒通過測驗的話。」

女孩連剎那的猶豫都沒有。

「你的命，」她說，「對我來說，和我的命一樣重要。我該什麼時候去磨坊要求讓你自由？」

「我今天還沒辦法告訴妳這個。」克拉巴特說，「到時我會讓妳知道，必要的話，會透過朋友轉達。」

然後他請她描述一下她住在哪裡。描述完後，女孩問他身上有沒有刀子。

「這裡。」克拉巴特說。

把彤大的刀子遞給她，刀刃是黑的，就像這陣子一直如此那樣。但女孩把刀子接過去時，刀身又變光亮。

她摘下帽子，割下一小縷鬈髮，捲成一個細細的髮環，遞給克拉巴特。

「這是我們的記號。」她說，「如果你的朋友帶來這個髮環，我就確定，所有他說的，是你交代的。」

「謝謝妳！」

克拉巴特把髮環放進上衣的胸口口袋。

「妳現在得回黑崑崙。」他說，「我隨後也會去。我們在教堂堂慶上，得裝作不認識。別忘記！」

「『不認識』，是說我們也不能一起跳舞嗎？」女孩問。

「倒也不是。」克拉巴特說，「但不能太多次，我想妳了解。」

「我了解。」女孩說。

她起身，拂平裙子的皺痕，往黑崑崙的方向走去。這時，村裡的樂隊已經開始奏起教堂堂慶的音樂。

村政廳前頭的廣場已經擺好桌椅，圍成四方形，裡頭是跳舞的場地。克拉巴特到達時，許多年輕人已經在裡頭跳得不亦樂乎。年長的人舒服地坐在椅子上，看著少男、少女跳舞。桌前擺著大酒杯的男士們，抽著菸斗，穿著褐色或藍色外套，坐在盛裝打扮豔麗如母雞的女士們旁邊，顯得瘦弱嬌小。女士們吃蛋糕、喝蜂蜜牛奶，評論著場中跳舞的男女：誰和誰速配、誰和誰馬馬虎虎、誰和誰完全不配，哪個跟哪個快結婚了，而鐵匠最小的女兒和巴托西家的法蘭托差不多是沒指望了……。

村政廳牆邊的音樂台——用四個立起來的空啤酒桶當腳柱，再放上兩扇疊在一起的穀倉大門——是村長爲了教堂堂慶特別叫人「搭」的。台上的樂師們吹著黑管，小提琴蹩腳地唧唧嘎嘎，加上低音提琴的「凶——凶」聲，就這樣演奏著跳舞的音樂。忽然他們放下樂器，喝口啤酒解渴提神，雖然是理所當然，但四面八方馬上傳來吆喝聲：

「嘿！台上的，你們是來演奏的，還是來糟蹋啤酒的?!」

克拉巴特加入年輕男女裡頭。他和每個女孩跳舞，不挑不選，隨意自然地，一下和這個，一下和那個。

有時他也和那女孩跳舞，就像和其他女孩一樣，雖然他很不願意換舞伴讓她和其他男孩跳舞。

領唱的女孩了解，他們不能洩漏祕密。兩人雖然交談，但就像平常跳舞時說說話那樣，隨便聊幾句有的沒的。只有她的眼睛眞情地看著克拉巴特，但這只有他覺察得出來，正因爲這樣，他盡可能地避開她的眼神。

如此，連桌邊那些農婦們也沒看出什麼；還有那個左眼瞎了的老太婆——克拉巴特現在才注意到——也不例外。

儘管如此，克拉巴特還是覺得別再和那女孩跳舞比較好。過沒多久，天色漸暗。農夫、農婦們打道回府。年輕男女和樂師們轉移陣地到穀倉那邊，在那裡的打穀場繼續跳舞。

克拉巴特留在外頭。他覺得還是現在回科澤沼地比較好。那女孩應該會了解，他現在得離開她。

克拉巴特告別地把帽子輕輕一抬，覺得腦袋上有什麼溫溫軟軟的東西。

「羅柏西！」他想起來了。

克拉巴特把麵包巾的對角打結，做成一個小包包，把桌上大家沒吃完的蛋糕、甜餅塞進去，塞得鼓鼓滿滿地。

提議

越接近冬天，克拉巴特覺得日子過得越慢。從十一月中起，有些日子裡，他覺得時間好像停止了一樣。

有時，旁邊沒人的話，他會確認看看那女孩給他的髮環還在不在。只要摸著工作服胸口口袋裡的髮環，他就信心滿滿。「一切會順利的。」他相信，「一切會順利的。」這陣子師傅很少夜出不歸。難道他預感到危險逼近，在他背後有什麼醞釀著，是他必須提防的？

克拉巴特和尤洛利用爲數不多的幾個夜晚，繼續努力練習。克拉巴特已經比以前更能抗拒尤洛的命令。

有一晚，他們又坐桌邊練習。克拉巴特拿出髮環，隨意套在左手小指上。結果尤洛發出下一個命令時，克拉巴特馬上做出相反動作，又快又不費力，讓兩人都非常驚訝。

「ㄟ，」尤洛說，「就像是你的力量突然增加了一倍，你是怎麼弄的？」

「不知道，」克拉巴特說，「也許只是偶然吧？」

「我們得好好想想！」尤洛仔細打量克拉巴特。「一定有什麼讓你突然力量大增。」

「會是什麼呢？」克拉巴特思考著，「那個環？不至於吧？……」

「什麼環？」尤洛問。

「這個髮環。」克拉巴特說，「教堂堂慶那天，那女孩給我的，我剛才把它套在手指上。……不過，這髮環不會和我的力量有關吧。」

「難講！」尤洛反駁說，「我們試試就知道了。」

他們試了幾次，結果很清楚：只要克拉巴特套上髮環，他就能輕易應付尤洛，如果拿下髮環，一切又像平常一樣。「毫無疑問，有髮環的幫助，你無論如何都能打敗師傅。」

「可是為什麼會這樣？」克拉巴特問。「難道你認為那女孩也懂得魔法？」

「那種法力和我們的不同。」尤洛說，「有種魔法是得費力去學的，就是魔法書裡頭的那種，得一個字一個字、一整句一整句去學咒語；還有另一種是從心靈深處產生出來的：來自對一個愛人的擔憂。我知道這不容易了解，但你應該相信，克拉巴特。」

隔早，漢佐叫醒大家，他們要去井邊時，發現昨夜下了雪。望眼所及，世界一片銀白。就在這一刻，恐懼和不安又籠罩而來。

克拉巴特現在已經知道緣由。磨坊裡只有一個人無法了解：羅柏西。他來這裡後，雖然沒長高很多，但現在已經快從一個十四歲的男孩變成十七歲的少年了。

有天早上，羅柏西好玩地朝安德魯西丟了一個雪球，安德魯西衝過來就想打，但被克拉巴特擋住了。

不久後的一天早上，羅柏西問說他們到底怎麼了？

「他們害怕。」克拉巴特聳個肩膀說。

「害怕？」羅柏西問說，「怕什麼？」

「你應該慶幸你還不知道。」克拉巴特沒直接回答。「很快你就會知道的。」

「你呢？」羅柏西問，「你不害怕嗎？」

「比你想像的怕得多。」克拉巴特說。「而且不只是害怕我自己。」

聖誕節的前一週，教父大人又駕車來了一次科澤沼地。伙計們趕緊衝出去把袋子卸下。那個陌生人不像平常坐在馬車上，在這個新月夜，他下了馬車，一跛一跛地和師傅走進屋裡。他們看到紅羽毛在玻璃窗裡閃耀，好像房裡燃著火焰。

漢佐叫人拿火把來。伙計們默默把要碾磨的東西從馬車扛進碾磨房，啓動「死磨」，讓磨好的粉流進袋子裡，然後再搬上馬車。

破曉時刻，那陌生人回到馬車，獨自一人，登上車夫座。要離開前，他轉身對著伙計們。

「哪一個是克拉巴特？」

聲音炎如炭火、冷若冰霜。

「我。」克拉巴特忽覺喉嚨噎住，懦懦往前一站。

那人看看他，點個頭。「好。」然後揮鞭，駕著馬車，叩隆叩隆顛簸而去。

磨坊師傅在黑色小房間待了三天三夜。第四天晚上，聖誕節前一晚，他叫克拉巴特過去。「我有事要和你談。」他說，「我想，你應該也不會覺得訝異。總之，是要支持我還是要反抗我，你現在還可以自由選擇。」

克拉巴特裝作不懂。

「我不知道你在說什麼。」

磨坊師傅不信他這一套。「別忘了，你的事，我知道的比你以爲的多。這些年來，有些人起來反抗我，只要舉兩個例子就好了，彤大和米歐爾。他們是笨蛋、妄想狂！不過你，克拉巴特，我一直相信你是比較聰明的。你要做我在這個磨坊的接班人嗎？你有這個才能的！」

「你要離開？」克拉巴特問。

「我在這裡待夠了。」磨坊師傅鬆鬆領子。「我想要自由。兩、三年內，你可以接我的位子，繼續帶這個學校。如果你答應的話，我留下來的東西都是你的，包括魔法書。」

「那你要做什麼？」克拉巴特問。

「我會去朝廷當大臣或將軍，也許當波蘭國王的宰相，看哪種比較合我胃口。到那時我有錢有勢，男人會怕我，女人會巴結我。每扇門爲我而開，大家渴望我給他們意見，渴望我幫他們說好話。誰敢不順從我，我就除掉他。因爲我懂得魔法，也會知道該怎麼運用我的力量，這點我跟你保證，克拉巴特！」

他越說越激動，眼睛發亮、臉耳充血。「你也是，」他稍微平靜下來說，「你也可以這麼做。等你當了科澤沼地磨坊的師傅十二、十五年後，找一個伙計接你的位子，把所有雜七雜八的都交給他，然後你就可以自由自在去過奢華的生活。」

克拉巴特設法讓自己的腦袋保持清醒，他拚命想著彤大和米歇爾。自己不是發誓要替他們報仇嗎？替他們還有其他埋在「荒地」的人。當然還有芙秀菈，還有梅爾登——雖然他沒死，但歪斜的脖子，過的又是什麼樣的人牛？

「彤大死了。」他反駁說，「米歇爾也死了。誰能保證我不是下一個？」

「我保證。」磨坊師傅向他遞出左手，「我的承諾，還有教父大人的，他特地授權我做這個承諾。」

克拉巴特沒有往遞出來的手握下去。

「如果我不是下一個，」他問，「是不是另外會有人？」

磨坊師傅手動了一下，好像要抹掉桌上什麼東西似地。「總是會有一個。從現在起，我們可以一起決定是誰。我們抓一個不必覺得可惜的，譬如說呂希克。」

「我是受不了他，這沒錯，」克拉巴特說，「但他也是我的工作夥伴，如果是我害死他，或者得負共同責任，無論哪一種，我覺得沒什麼不同。我不可能會答應這麼做的，科澤沼地的磨坊師傅！」

克拉巴特跳起來，滿臉厭惡地對他喊說，「你想找誰去接你的位子，就去找！我不想和這事扯上關係。我走了！」

磨坊師傅平心靜氣。「我叫你走，你才能走。坐下，聽我講完。」

克拉巴特眞想現在就和師傅鬥鬥意志力，但終究還是壓抑下來，服從師傅的命令。

「我能體會你的心情，」磨坊師傅說，「我知道我的提議讓你心裡很混亂。所以我會給你時間，讓你好好想想。」

「不必！」克拉巴特說，「我還是會說不。」

「遺憾。」磨坊師傅搖頭看著克拉巴特。「如果你不接受我的提議，就是死路一條。你知道吧，在柴房裡已經放著一副棺材。」

「給誰的？還很難講呢！」克拉巴特說。

磨坊師傅面不改色。「你知不知道，如果事情像你希望的那樣，會有什麼結果？」

「我知道。」克拉巴特說，「我就無法再施展魔法了。」

「那麼？」磨坊師傅要他想想，「你願意忍受那樣的犧牲？」

磨坊師傅似乎考慮了一下，背又靠回太師椅，說：「好，我給你八天的期限。在這段時間，我讓你有機會體驗體驗，沒有魔法的日子是怎樣？所有你這幾年跟我學的，從這一刻起一筆抹消！一個禮拜後，除夕前一晚，我會再問你最後一次，要不要接我的位子。那時我們會知道，你是不是還堅持同樣的答案。」

年關

非常辛苦的一個禮拜。克拉巴特覺得像是回到了剛來磨坊的時候，一袋秤起來有多重的穀物，扛起來就有多重，得從倉庫扛到碾磨房，磨成粉後，又得從碾磨房扛到倉庫。自從沒了魔法以後，克拉巴特一點一滴也省不了：沒有一個繭，沒有一顆汗珠是他能逃得了的。

晚上，他筋疲力盡地倒入草褥中。他睡不著，好幾個鐘頭都睡不著。會魔法的人，只要閉上眼睛，唸段咒語，然後就可以如願地睡得又熟又長。

「也許，」克拉巴特心想，「讓自己沉睡的法術，會是我最想念的。」

等他好不容易睡著了之後，惡夢卻折磨著他。這當然不是剛好夢到，他用膝蓋想也知道，是誰讓他作這種夢的。

克拉巴特，衣衫襤褸，在烈日的荒野，吃力地用根繩子拖著一輛裝滿石頭的小車，他口很渴，喉嚨乾裂。沒有任何一口井、一棵樹，可以讓他潤一下喉、遮一下蔭。

該死的石頭車！

他得把這車石頭拖到卡門茨的公牛布拉西克那裡，爲了微薄僅能塡個肚皮的工資。然而，人總是得工作討口飯吃，而自從他發生意外以後——在葛比斯村，不小心跌進碾磨機裡，整個右手的小臂都被軋斷——從那時起，只要有個工作他就很高興了，即使是公牛布拉西克這種人給的工作。

如此，他疲累不堪地拖著一輛滿是石頭的車子，他聽到自己心裡想著，用磨坊師傅沙啞的聲音想著：殘廢者的生活還舒適嗎，克拉巴特？如果那時我問你要不要在科澤沼地做我的接班人，而你聽了我的話，你現在就可以過得更好更舒服。如果你今天還可以選擇的話，你會說不嗎？

一晚又一晚，克拉巴特夢到類似的命運。他老弱或殘病不堪；他無辜地被關進地牢；他被押去當兵，受傷瀕死躺在田裡，傷口流出的鮮血淌紅了毀壞的莊稼。每次夢的結尾，他都聽到自己用磨坊師傅沙啞的聲音問：

「克拉巴特，如果我讓你選擇要不要當我的接班人，你還會說不嗎？」

磨坊師傅只在他夢中現身一次，是在最後期限的前一晚。

爲了尤洛的緣故，克拉巴特變成一匹黑馬。磨坊師傅打扮成波蘭貴族，在維堤赫瑙市場用一百銀幣買下他，包括馬鞍、馬套。如此，他現在是任人宰割的一匹馬。

磨坊師傅無情地騎著他在荒野上東奔西跑，驅趕他越過樹墩、石頭，跳過矮樹叢和水溝，穿過荊棘叢和泥沼地。

「記住，我是師傅！」

磨坊師傅拚命用鞭子抽，用馬刺頂，他感到血從脅腹熱熱地流下大腿內側。

「我要給你點顏色看看！」

左疾奔、右疾奔，然後快馬奔向下一個村莊。猛一拉韁繩，停在一個打鐵鋪前。

「喂，打鐵的，你死到哪裡去了！」

鐵匠趕緊跑出來，手在皮圍兜擦著，問他有什麼吩咐？磨坊師傅跳下馬。「給我的馬釘上火紅的馬蹄。」他說。

「燒得火紅的——馬蹄，大爺？」

「什麼都得跟你說兩遍嗎？還不快去弄！」

「巴爾托！」鐵匠叫他的學徒。「抓住轡繩，把大爺的馬拉緊。」

鐵匠學徒是個有雀斑的小個子，或許是羅柏西的兄弟。

「用你們裡頭最重的鐵！」磨坊師傅要求說，「讓我看看有哪些！」

鐵匠帶師傅進工場裡看。小學徒拉緊黑馬，用索布語對他說：「別怕，我的小黑馬，別怕，你在發抖呢！」

克拉巴特的腦袋在小學徒的肩膀上磨來磨去。「如果我把馬套弄掉，」他心裡想，「或許還能逃得了命……。」

小學徒注意到黑馬受了傷，馬套的皮帶磨傷了左耳邊。

「等下。」他說，「我把扣環放鬆些就好了。」

他放鬆皮帶扣環，把黑馬的馬套解下來。

克拉巴特一解脫馬套後，立刻變成一隻烏鴉，呱呱叫地飛上天空，往黑崑崙的方向飛去。

陽光照耀著村子。在他腳下，他看到領唱的女孩站在井邊不遠處，拿著一個草碗，正在餵雞。這時，一道黑影從頭上掠過，一聲尖銳刺耳的鷹叫聲傳進他耳朵。

「師傅！」他念頭一閃。

趕緊收起翅膀，快如飛矢，衝進井裡，變成一條魚。他得救了嗎？現在他才想到，在井裡自己豈不是成了甕中之鱉，逃都逃不出去。

「領唱的女孩！」他全神貫注，「救我出去！」

女孩把手探進井裡，克拉巴特變成一只細細的金戒指，套在她手指上。如此，他又回到了地上。

井邊站著一個身穿波蘭服裝的貴族，彷若從天而降。獨眼，鑲銀線、黑繐帶的紅色騎士服。

「姑娘，妳能告訴我妳這漂亮的戒指是哪來的嗎？讓我看看……。」

他已經伸出手，已經想去拿那個戒指。

克拉巴特變成一顆穀粒，從女孩的手指滑下，掉進飼料碗裡。女孩撒了一把飼料，把他也撒在雞群的腳下。

紅色騎士服的男人消失不見。一隻奇怪的獨眼黑色公雞正啄著穀粒。但克拉巴特的手腳比他靈活、速度比他快，這是他的優勢，他變成一隻狐狸，撲向黑公雞，一口咬斷他的脖子。

像乾草和麥稈在牙齒間吱吱嘎嘎響。像麥稈、像剁碎的乾草在克拉巴特的牙齒間吱吱嘎嘎響。

克拉巴特醒了過來，全身是汗。他咬著草褥，喘吁吁地，過了好一會才平靜下來。在夢中擊敗磨坊師傅，他認爲是個好兆頭。從此刻起，他充滿了信心。他相信，師傅的來日不多了。他，克拉巴特，將終止磨坊師傅的惡行。會擊敗師傅魔力的，一定是他。

晚上，他到師傅房間。「答案還是一樣！」他大聲說，「你想找誰接你的位子，就去找吧！我，克拉巴特，拒絕接受你的提議。」

磨坊師傅沒有激動，接受了他的決定。「去柴房拿鏟子和鋤頭，到科澤沼地挖一個墓穴，這是你最後的工作。」

克拉巴特沒再說什麼。轉身離開。來到柴房時，暗處走出一個人影。

「我在等你，克拉巴特。要我去通知那女孩嗎？」

克拉巴特從口袋裡拿出髮環。「告訴她，是我請你捎話給她的。」他拜託尤洛，「請她明晚除夕，按照我和她談過的，來找師傅，要求讓我自由。」

他告訴尤洛，那女孩住哪裡。

「給她看這個髮環，」克拉巴特又說，「她就知道是我叫你去的。還有別忘了告訴她，她來不來科澤沼地，是她的自由。如果她來，很好，如果不來，也好。至於我會怎樣，我自己並不在乎。」

他把髮環交給尤洛，擁抱他。

「你答應會照我說的做嗎？不會說服她做她不想做的？」

「我答應。」尤洛說。

一隻烏鴉，叼著髮環，飛向黑崑崙。

克拉巴特走進柴房。角落裡放著一具棺材。他把鋤頭和鏟子扛在肩上，腳步沉重地走過雪地，來到了「荒地」。

在周遭一片白雪中，他看到一塊黑黑凸起的四方形場地。

這塊地是爲他準備的？還是要作爲師傅的墳墓？

克拉巴特開始剷土，心想：「明天這時候，一切就會分曉了。」

隔早吃完早餐後，尤洛把克拉巴特叫到一旁，把髮環還給他。說已經和那女孩談過，都約定好了。

傍晚時刻，天正要暗下來時，女孩來到磨坊，聖餐禮的服裝，白色的髮帶。漢佐替她開門，問她有什麼事？她說有事要找磨坊主。

「我就是磨坊主。」推開伙計，磨坊師傅走向女孩。他身穿黑大衣，頭戴三角帽，臉色蒼白，像抹了石灰一樣。

「妳要幹嘛？」

女孩看著他，毫無懼色。

「把我的人交出來給我。」她要求。

「妳的人？」磨坊師傅大笑。聽起來像是惡意的羊叫聲，像山羊的笑聲。「我不認識。」

「他叫克拉巴特。」女孩說，「是我喜歡的人。」

「克拉巴特？」磨坊師傅試著嚇唬她，「妳眞的認識他嗎？妳有辦法從伙計裡頭認出他嗎？」

「我認識他。」女孩說。

「誰都可以這麼說！」

磨坊師傅轉向伙計們。

「去黑房間裡頭，排成一排，不准動！」

克拉巴特心想，他們現在要變成烏鴉了。他站在安德魯西和史達希柯中間。

「就站那裡別動，別給我吭聲！你也不行，克拉巴特！我聽到你吭出來的第一聲，她就得死！」

磨坊師傅從大衣口袋拿出一塊黑布，綁住女孩的眼睛，把她帶進黑色小房間。

「如果妳能指出妳的人，妳就可以帶他走。」

克拉巴特嚇壞了，他沒想到會是這樣。現在又能怎麼幫那女孩呢？即使髮環也起不了作用！

女孩走過排排站的伙計們。一次，然後第二次。克拉巴特幾乎快站不住。他的命沒了，女孩的命也完了！

恐懼沒頂而來，是他這輩子從沒感覺過的恐懼。「是我的錯，是我害死她的。」他的腦袋轉著這個念頭，「是我的錯……」

這時，走了第三遍的女孩，伸出手，指著克拉巴特。

「是這一個。」她說。

「妳確定？」

「對。」

這一來，什麼都決定了。

她解開眼睛上的黑布，走近克拉巴特。

「你自由了。」

磨坊師傅踉踉蹌蹌跌靠在後面的牆壁上。伙計們驚愣得像冰塊一樣，呆若木雞站那裡。

「去閣樓拿你們的東西，到黑崑崙去！」尤洛說，「你們可以在村政廳的草料頂棚過夜。」

伙計們悄悄走出房間。

他們都知道，磨坊師傅活不過新年了。他得在午夜時刻死掉，然後磨坊將在火中化爲灰燼。

梅爾登歪著脖子過來和克拉巴特握手。「現在，彤大和米歇爾的仇報了，還有其他的人也是。」

克拉巴特一句話也說不出來，像石頭愣在那裡。女孩摟著他肩膀，用披肩裹住他。

柔和溫暖，像一件大衣一樣。

「我們走吧，克拉巴特。」

他讓她把自己帶出磨坊，穿過科澤沼地，往黑崑崙走去。

當他們看到村子的燈火在樹幹間點點閃爍時，他問：「妳是怎麼從我的夥伴中認出我的？」

「我感覺到你的恐懼。」她說，「感覺到你因爲擔心我而恐懼，然後我就知道那是你了。」

他們快進到村子裡時，雪開始下了起來，輕薄的細雪，像麵粉一樣，從一個大篩子落到他們身上。

國家圖書館出版品預行編目資料

鬼磨坊／奧飛・普思樂著；鄭納無譯.－－初版.
－－臺北市：大田出版；民96
面；　公分.－－(titan；031)
ISBN 957-986-179-066-4 (平裝)

875.57　　96014561

Titan 031

鬼磨坊

作者：奧飛・普思樂
譯者：鄭納無
發行人：吳怡芬
出版者：大田出版有限公司
台北市106羅斯福路二段95號4樓之3
E-mail:titan3@ms22.hinet.net
http://www.titan3.com.tw
編輯部專線（02）23696315
傳真（02）23691275
【如果您對本書或本出版公司有任何意見，歡迎來電】
行政院新聞局版台業字第397號
法律顧問：甘龍強律師

總編輯：莊培園
主編：蔡鳳儀／編輯：蔡曉玲
企劃統籌：胡弘一／行銷企劃：蔡雨蓁
網路企劃：陳詩韻
校對：陳佩伶／鄭欽鴻／謝惠鈴／蘇淑惠
製作印刷：知文企業（股）公司・(04)23595819-120
初版：2007年（民96）九月三十日
定價：新台幣 280 元

總經銷：知己圖書股份有限公司
（台北公司）台北市106羅斯福路二段95號4樓之3
TEL:(02)23672044・23672047　FAX:(02)23635741
郵政劃撥戶名：知己圖書股份有限公司　帳號：15060393
（台中公司）台中市407工業30路1號
TEL:(04)23595819　FAX:(04)23595493

國際書碼：ISBN 978-986-179-066-4 /CIP: 875.57 / 96014561
Printed in Taiwan

廣　告　回　郵
北區郵政管理局登
記證北台字1764號
免　貼　郵　票

大田出版有限公司　編輯部收

地址：台北市106羅斯福路二段95號4樓之3
電話：（02）23696315-6　傳真：（02）23691275
E-mail：titan3@ms22.hinet.net

＊請沿虛線剪下，對摺裝訂寄回，謝謝！

地址：..

姓名：..

TITAN
大田出版

智　慧　與　美　麗　的　許　諾　之　地

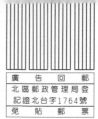

＊請沿虛線剪下，對摺裝訂寄回，謝謝！

閱讀是享樂的原貌，閱讀是隨時隨地可以展開的精神冒險。

因爲你發現了這本書，所以你閱讀了。我們相信你，肯定有許多想法、感受！

讀 者 回 函

你可能是各種年齡、各種職業、各種學校、各種收入的代表，
這些社會身分雖然不重要，但是，我們希望在下一本書中也能找到你。

名字／＿＿＿＿＿＿ **性別／**□女 □男 **出生／**＿＿年＿＿月＿＿日

教育程度／＿＿＿＿＿＿＿＿

職業：□ 學生 □ 教師 □ 內勤職員 □ 家庭主婦
□ SOHO族 □ 企業主管 □ 服務業 □ 製造業
□ 醫藥護理 □ 軍警 □ 資訊業 □ 銷售業務
□ 其他＿＿＿＿＿＿＿＿

E-mail/＿＿＿＿＿＿＿＿＿＿＿＿ 電話/＿＿＿＿＿＿＿＿

聯絡地址：＿＿＿＿＿＿＿＿＿＿＿＿＿＿＿＿＿＿＿＿

你如何發現這本書的？ **書名：鬼磨坊**

□書店閒逛時＿＿＿＿＿書店 □不小心翻到報紙廣告（哪一份報？）＿＿＿＿＿

□朋友的男朋友（女朋友）灑狗血推薦 □聽到DJ在介紹＿＿＿＿＿＿＿＿

□其他各種可能性，是編輯沒想到的＿＿＿＿＿＿＿＿＿＿＿＿

你或許常常愛上新的咖啡廣告、新的偶像明星、新的衣服、新的香水……
但是，你怎麼愛上一本新書的？

□我覺得還滿便宜的啦！ □我被內容感動 □我對本書作者的作品有蒐集癖
□我最喜歡有贈品的書 □老實講「貴出版社」的整體包裝還滿 High 的 □以上皆非 □可能還有其他說法，請告訴我們你的說法

＿＿＿＿＿＿＿＿＿＿＿＿＿＿＿＿＿＿＿＿＿＿＿＿＿＿＿＿

你一定有不同凡響的閱讀嗜好，請告訴我們：

□ 哲學 □ 心理學 □ 宗教 □ 自然生態 □ 流行趨勢 □ 醫療保健
□ 財經企管 □ 史地 □ 傳記 □ 文學 □ 散文 □ 原住民
□ 小說 □ 親子叢書 □ 休閒旅遊□ 其他＿＿＿＿＿＿＿＿

一切的對談，都希望能夠彼此了解，否則溝通便無意義。
當然，如果你不把意見寄回來，我們也沒「轍」！
但是，都已經這樣掏心掏肺了，你還在猶豫什麼呢？
請說出對本書的其他意見：

大田出版有限公司編輯部 感謝您！